Une petite fille

en pleurs

Cap'tain Philip

&

Pascale Yvetot

UNE PETITE FILLE
EN PLEURS

Traboule éditions – 04230 – CRUIS
traboule.edition@gmail.com
https://captainphilip.fr

Couverture : Maryline Foucaut

Des mêmes auteurs chez le même éditeur :

- *Au plus Barjo* / (roman noir) 2022
- *Vendredi Saint* / (roman noir) 2022

Chez d'autres éditeurs :

- *Oiseaux rares et rapaces dans une brume d'été* (fiction politico-policière) - Editions Jean Luc Lesfargues - Lyon 1982.

- *Les Oubliés de Galathée*/avec François Clavel (Récit aventure) - Michel Lafon - Paris 1998.

- *Au bout du monde* / (récit d'enfance) - Cap'tain Philip – Traboule édition 2022

- *Rue de la femme morte* / avec Marie Totévi / *(roman noir) - Traboule édition 2022*

- *Cochin'blues* / avec François Clavel / (aventures marines) – Traboule édition 2022

- *Carnets de voyage* / avec Jacqueline Féret / (récit voyage) – Traboule édition 2022

-

À ma mère,

Pascale

Au fil d'une longue et belle amitié

Cap'tain Philip

« La plupart des gens survivent à tout ce qui arrive ; fâcheusement, ils le font avec juste ce qu'il faut de cicatrices pour les marquer à jamais, de souvenirs pour les hanter, d'épreuves pour les épuiser, et de peur pour les paralyser »

William Faulkner

chers lecteurs,

Les auteurs de ce roman ont suivi le fil du récit d'une vieille dame de 84 ans. Elle y raconte sans détour son enfance avec son frère, puis son adolescence, de l'occupation à mai 68

De ce fait, peu de personnages sont entièrement fictifs. Veuillent tous les autres nous absoudre d'intrusions furtives et répétées dans leurs histoires respectives.... honni soit qui mal y pense !

Itinéraire de Marie :

Octobre 1939 : naissance à Lyon

1940 à 1942 : séjours chez diverses nourrices dans la région lyonnaise.

Janvier à avril 1943 : recluse avec son frère Michel dans un appartement réquisitionné par l'administration allemande dans le centre de Lyon.

Printemps 1943 : mise à l'abri par son père au dernier étage d'un hôtel de passe de la Croix Rousse

Été 1943 : son père ayant été déporté, elle est cachée par un camarade de ce dernier chez Mémé Giffon, une paysanne des environs.

Noël 1945 : Marie et Michel sont récupérés par leur mère à sa sortie de la prison de Saint-Étienne. Celle-ci les confie aussitôt à leur grand-mère dans le Perche.

1946 : en pension chez sa grand-mère avec son frère Michel

25 septembre 1946 : siège de Champigny-sur-Marne

Octobre 1946 : Marie est confiée à l'assistance publique à la suite de la nouvelle arrestation de sa mère et confiée de nouveau à Mémé Giffon.

Octobre 1946 / janvier 1949 : en pension chez Mémé Giffon

Janvier 1949 : Marie est redonnée à sa mère, Marika, à sa sortie de la prison de la petite Roquette / celle-ci la confie aussitôt à l'institution du Bon Pasteur.

Noël 1951, Marika récupère sa fille, Marie, au Bon Pasteur / celle-ci fugue le jour même / elle est retrouvée et intégrée au quartier des fugueuses récidivistes de l'institution du Bon Pasteur à Lyon.

1952 / 1957 : étude secondaire, puis formation d'assistante sociale à l'institution du Bon Pasteur

1958 /59 : stage de fin d'études à Rennes.

Mai 1963 : mariage à Rennes

Juillet 1964 : naissance de sa fille, Pascale

Avril 1967 : Marie apprend que son frère est devenu clodo dans le métro parisien et essaye de le retrouver.

******

1. Chalet des Marronniers

On est le 25 septembre 1946 à Champigny-sur-Marne. Une Citroën C15 soulève un épais nuage de poussière sur un chemin de terre qui contourne le bourg. Au volant, l'inspecteur Nozeilles. Il fait partie du dispositif de 350 policiers, assistés par deux automitrailleuses qui sont en train de se déployer autour du Chalet des Marronniers.

Ce déploiement inédit fait suite à une information reçue la veille au soir par la préfecture de police de Paris : le "gang des tractions" est réuni à Champigny pour préparer son prochain braquage.

L'inspecteur Nozeilles aperçoit une femme avec une enfant dans les bras qui escalade le talus à sa rencontre. Son visage est ensanglanté. Les quelques mètres qui la séparent encore du bord du chemin sont en pente raide. Elle semble épuisée.

Elle lui fait signe de son bras libre, couvert de sang lui aussi. Nozeilles hésite, puis freine brutalement. Le nuage de poussière rattrape la voiture arrêtée, cantonnant la scène surréaliste qui va suivre dans l'incertain, le vague cotonneux d'une espèce de rêve qu'on aurait bien pu faire, après tout...

Quelques secondes passent, le temps que la femme parvienne jusqu'à la vitre baissée de la C15. L'épaisse gangue de poussière n'est pas encore retombée autour du véhicule. Pourtant, la femme identifie instantanément les uniformes des deux hommes qui accompagnent l'inspecteur Nozeilles. Elle a un mouvement de recul, laisse échapper un cri, se retourne brusquement avant de se relancer à toutes jambes dans la pente qu'elle vient de grimper péniblement. Dans son mouvement de panique, l'enfant lui a échappé. C'est une petite fille de six ou sept ans. Un des gendarmes, qui a jailli par la portière arrière, rattrape la gosse au vol. Il va bientôt apprendre de la petite fille qu'elle s'appelle Marie. L'autre gendarme rattrape rapidement la femme avant de la maîtriser à grand-peine et de la remonter jusqu'à la Citroën. La réaction de l'inspecteur surprend le jeune gendarme. Malgré le sang qui suinte encore d'une entaille au cuir chevelu de la jeune femme, malgré son état de choc et d'agitation manifeste, Nozeilles commence par lui passer assez brutalement des menottes avant de la contraindre à s'asseoir à l'arrière de la voiture en lui tordant quasiment le cou... La Citroën redémarre aussitôt.

La femme pleure, s'étrangle en agrippant tour à tour chacun des gendarmes qui l'encadrent sur la banquette arrière de la C15. Elle est dans un état d'agitation extrême. Sa force semble décuplée par l'adrénaline, le stress qui alimentent cette crise de fureur ou de terreur absolue que les deux hommes s'avèrent d'autant plus impuissants à calmer qu'elle hurle des bribes d'explications complètement décousues que les sanglots convulsifs de la fillette couvrent presque totalement.

L'inspecteur Nozeilles a 54 ans. Il participe depuis plus d'un an à la traque rocambolesque du gang des tractions sous les ordres des deux commissaires qu'il est censé rejoindre au bout de ce chemin pour leur confirmer que tout est paré. Lui n'a pas fait d'études de psychologie, criminologie ou autres. Pourtant, intuitivement, il sait que les vociférations qui saturent l'habitacle de sa voiture de service émanent d'un témoin en état de choc, temporairement incapable de la moindre stratégie d'enfumage ou de mensonge construit. Ces éléments épars qui fusent en désordre de la bouche de cette femme seront forcément précieux s'il parvient à les restituer de façon intelligible à ses supérieurs...

Ce qui explique la brusquerie de l'attitude de Nozeilles, c'est qu'il doit rejoindre de façon urgente les deux commissaires qui chapeautent le dispositif et attendent justement son rapport pour lancer l'opération. Pourtant, malgré cette urgence absolue, il a stoppé la voiture à la hauteur de cette femme qui semblait demander un secours qu'elle aurait de toute façon trouvé très rapidement dans le cadre du dispositif imposant en place sur le périmètre. C'est une circonstance précise qui a déclenché le réflexe de l'inspecteur. Au moment où il a aperçu la femme, le chemin passait précisément en surplomb du Chalet... et cette femme venait manifestement de s'en échapper...

Le train avant de la Citroën a déjà chassé plusieurs fois sur la couche de latérite inégale. Les mains crispées sur le volant, Nozeilles n'a d'autres choix que d'essayer de mémoriser la suite d'éléments qui défilent au gré des hurlements qui saturent de façon insupportable l'espace étroit, sans relâcher sa pression sur le champignon de l'accélérateur... Il ferait le tri plus tard, quand le calme reviendrait... un futur incertain pour l'heure, voire plus qu'aléatoire !

La femme prétend être une prostituée... « Son nom de gagneuse c'est Marika et elle les emmerde ! Eux, les "poulets", autant que ces types-là, ces braqueurs sans merci avec lesquels elle n'a rien à voir ! C'est son "abruti de mac" qui l'a fourrée dans leurs pattes pour le week-end et ce n'est pas la première fois qu'il lui fait ce coup-là, "ce salaud"... genre putes de haut vol et Champagne à gogo dans des auberges isolées ! Les "régulières" des truands, elles, restent cantonnées dans leur planque respective... Quant à son mac, ce salaud de Riquet, il ne la prévient jamais à l'avance ; cette fois, il lui est tombé dessus, alors qu'elle était partie en Normandie pour un week-end avec ses enfants ! Elle n'a pas pu laisser sa fille là-bas au débotté et c'est comme ça que la petite Marie se retrouve à hurler à côté d'elle dans une bagnole de poulets hostiles sans qu'elle puisse la calmer à cause de ces "saloperies de menottes" ! Marie n'a rien à voir avec tout ce "bordel" ! Elle n'est même pas la fille de Riquet, son connard de mac, encore moins celle de Pierrot, s'enrage-t-elle... Pierrot pour qui elle reconnaît un petit faible, tempère-t-elle, et qui vient de se volatiliser sous ses yeux en sortant du tunnel juste derrière le Chalet... »

Au nom de Pierrot, Nozeilles a dressé l'oreille, si c'est encore possible dans ce déluge sonore... Comment va-t-il pouvoir remettre tout ça dans l'ordre ? Mais après ce petit clin d'œil larmoyant

vers Pierrot, la logorrhée reprend de plus belle...
Les injures fusent en avalanche, tel un torrent
furieux :

« Marie, c'est la fille d'un "demi-sel" qu'elle a
aimé pendant les premiers mois de guerre... une
époque où elle "trimait" déjà, mais au soleil, sur les
bords du Rhône, pas dans des plans fumeux à
rameuter pareille "armada de poulaille" ! Elle a un
grand frère, Marie, il s'en est failli d'un poil qu'il
soit là, lui aussi, dans "vos sales pattes de
minables". En tout cas, Pierrot, vous l'aurez pas !
"pffffouit", il vous a encore glissé entre les pattes,
tas de "culs bénis" ! À chaque fois, elle en est de
leurs "petites sauteries" à ces "salopards" !
Remarque, Pierrot et ses potes, c'est pas des
"couilles molles" eux, au moins ! Rien à voir avec
ces petits souteneurs "à la manque" qui lui "fanent
l'horizon" depuis trop longtemps ! Ce minable de
Riquet, depuis qu'il m'a récupérée à ma sortie
"d'zonzon", il me colle dans leurs pattes à chaque
occasion... À croire qu'il se prend pour leur petit
pote sous prétexte qu'ils se sont connus aux "Bat'

d'af" ! Tu parles si y s'en tamponnent de "minables" comme Riquet, ces gars-là ! Eux, y z'ont juste besoin de "petits culs propres" pour se défouler au Moët et Chandon à l'occasion ! Et j'irai jusqu'à dire que je m'en plains pas tant que ça ! Mais vous êtes tellement "à la bourre" de ce côté-là, "tas de puceaux", que vous pigeriez pas tout ! S'trouve qu'aujourd'hui, ça a "tourné vinaigre" ! Il a fallu se tirer en catastrophe ! Panique au poulailler, fantasia chez les putes ! Mais "les gonzes" avaient prévu le coup, eux... Ils vous ont filé sous l'pif en ordre dispersé. Moi, j'ai soigné Pierrot, après je l'ai suivi. Mais avec la môme, j'étais "à la ramasse" ! Il faisait tellement sombre dans les caves que je me suis "emplâtré la gueule" plusieurs fois ! Quand je suis arrivée au puits à la sortie du tunnel, j'ai eu du mal à sortir Marie... Après "nib" ! Plus de Pierrot. Pourtant il était blessé et j'avais son sang sur la manche... »

Nozeilles se concentre à nouveau sur cet élément imprévu... Où le truand est-il blessé et comment est-ce arrivé puisque le feu n'a pas encore été déclenché ? Précisément, faute au temps qu'il met lui-même à avertir ses supérieurs que tout est en place... et merde !!! Mais pas moyen d'interrompre cette dingue ! Encore moins d'espérer d'elle la moindre réponse...

« Michel, il s'appelle mon garçon qui vous emmerde lui aussi du haut de ses neuf ans et vous en fera voir le jour venu ! Fils de gitan lui aussi, mais un vrai, un manouche, pas du genre à foutre ses sœurs au bord des routes ! Ce gitan, c'est lui que j'ai vraiment aimé, mais j'étais qu'une "môme". Il est parti comme il était venu, il a juste continué sa route et maintenant j'm'en fous... Faut juste que j'sorte de vos "salles pattes" puisque j'ai rien à voir avec ces gars-là, j'vous dis ! »

****

2. La bande à Pierrot

Dans la foulée, Marika part d'un grand rire. Elle serre sa fille sous ses bras menottés puis se met à pleurer. En silence cette fois. Marie arrête instantanément de hurler et la C15 pile à la diable pour s'immobiliser contre une autre voiture. Depuis le siège passager, le commissaire Pinault interroge Nozeilles d'un simple signe de tête. Sur le siège arrière, un officier de transmission de la gendarmerie et le commissaire Casanova attendent la réponse...

Nozeilles confirme que tout le monde est en place, précise les dernières dispositions qu'il a fait prendre. On n'attend plus que le feu vert des deux commissaires...

Les deux pontes de la P.J. parisienne n'ont posé aucune question sur la femme blessée et l'enfant qu'elle serre désespérément contre elle... On verrait ça plus tard !

La radio a brièvement crépité ; l'écho d'un feu nourri a surgi quelques secondes plus tard en contrebas des deux voitures. Un raffut infernal qui a illuminé la nuit pendant plus d'un quart d'heure sans la moindre interruption... Un nouveau quart d'heure s'est écoulé avant que les premiers retours parviennent aux occupants des deux voitures... Le Chalet des Marronniers s'est transformé en volière ! Quelques secondes après l'ordre de cessez-le-feu, une ribambelle de putes a émergé par grappes des caves de l'auberge... tenues de rigueur et piaillements assortis !

Dans la C15 qui tient lieu de PC de campagne, d'autres infos suivent, parcellaires et contra-dictoires... le Chalet était vide... mais d'où sortent donc toutes ces putes ...? Non, l'escadron de putes était bien dans le Chalet, replié dans les caves, mais les fondus du gang des tractions n'y étaient pas eux... en tout cas, n'y étaient plus... !

Un instant plus tard tombe une autre information, relayée par l'officier de transmission.

Elle émane de la préfecture de police de Paris, du préfet Luizet en personne que l'officier de gendarmerie vient d'avoir en ligne... Le gang des tractions vient d'être localisé à l'Auberge de Champigny, un autre établissement de bouche du bourg. En fait, il s'y était replié bien avant l'attaque, laissant les putes sur place pour le décor...

La C15 de l'inspecteur Nozeilles reprend le chemin de terre en sens inverse. Entre-temps, Marika et Marie ont été transférées dans un fourgon de la sûreté. Le jeune maréchal des logis, qui sort tout juste du centre de formation s'est vu confier par l'officier de transmission une station VHF mobile ; équipement tout récent utilisant de très hautes fréquences que les malfrats sont censés ne pas pouvoir capter. En haut lieu, on a en effet enfin réalisé que le succès des multiples "dégagements" du gang des tractions est principalement dû au fait que celui-ci était prévenu en permanence des mouvements des forces de l'ordre...

Le lourd dispositif doit être redéployé le plus

vite possible autour de l'Auberge de Champigny. Ce qui, on l'a compris, n'échappera pas davantage à la vigilance des truands que le mouvement initial autour du Chalet des Marronniers... L'inspecteur Nozeilles, assisté du brigadier-chef qui a maîtrisé Marika et du jeune maréchal des logis qui a rattrapé Marie au vol, constitue en quelque sorte le groupe de liaison. Ce n'est pas à lui que va incomber l'échec de l'opération. C'est une nouvelle fois le manque d'anticipation, pour ne pas dire la pure et simple naïveté de la hiérarchie policière qui va faire le jeu des anciens des "Bat' d'af". Tous ou presque ont fait un passage par la Résistance, histoire de se refaire une virginité après de florissantes carrières dans la collaboration quand ce n'est pas carrément dans la "carlingue"*[1]. Certains sont parvenus au grade d'officier des F.F.I.*[2]. En tout cas, ils ont pour la plupart acquis une excellente pratique du matériel de transmission transféré par les alliés à la résistance française au cours des centaines de parachutages et des

---

1   * Gestapo française installée au 93 rue Lauriston – 1941/44
2   * Forces françaises de l'intérieur

différents débarquements alliés... En l'occurrence, il s'agit simplement de récepteurs VHF équipés d'un système de balayage en boucle de la quarantaine de fréquences disponibles.

L'auberge de Champigny est à 800 mètres du Chalet des Marronniers. D'après les éléments épars qui parviennent bientôt aux deux commissaires en charge, le redéploiement va prendre environ vingt minutes. Il est 21 h 12.

L'ordre de cessez-le-feu a été donné à 21 h. Depuis, un silence relatif est revenu. Le temps est couvert, orageux. Des roulements de tonnerre lointains courent sur le relief vallonné de Bois-l'Abbé et couvrent par instants la rumeur continue des nombreux véhicules qui se déplacent au ralenti aux abords du bourg.

Soudain, une nouvelle fusillade éclate, nourrie. Elle illumine une courte portion de route ; celle où une berline fonce vers l'Auberge de Champigny. Aucun nouvel ordre d'ouvrir le feu n'a pourtant été donné. Il est 21 h 18. La C15 des commissaires Casanova et Pinault s'est rapprochée du nouvel objectif, mais ils sont encore trop loin pour juger par eux-mêmes. Les deux commissaires sont pris de court. Tout ce qu'ils peuvent constater *de visu*, c'est la façade de l'Auberge illuminée par les tirs d'armes automatiques ; et bientôt des fumigènes et les fusées éclairantes des forces de police qui, faute d'ordre d'intervention, sont bien obligées de se défendre ! Les informations fusent. La berline s'est engouffrée dans la cour de l'auberge sans que les tirs provenant de la façade faiblissent pour autant... Il y a du mouvement dans la cour, mais le portail a été tiré de l'intérieur et les dispositifs éclairants ne permettent pas d'en saisir le sens... Le feu nourri des malfrats ne s'est interrompu qu'un instant, avant que le portail ne s'ouvre de nouveau à la volée et que la berline ne jaillisse de la cour ! La fusillade a repris de plus belle depuis la voiture qui s'élance sur la route de Nogent. La riposte des éléments déjà en place se concentre sur le véhicule qui accélère à toute force... C'est une puissante Delahaye. Les deux véhicules qui tentent de la prendre en chasse se télescopent après que leurs pneus avant aient éclaté sur des pointes larguées depuis l'arrière de la Delahaye... Plusieurs policiers sont touchés ! Un troisième véhicule de gendarmerie verse sur le bas-côté en tentant de contourner les deux Citroën endommagées. Le passage est complètement bouché !

La C15 des commissaires bloque ses freins derrière ce barrage inopiné. Ses phares éclairent le désastre... La Delahaye n'est plus en vue. Les tirs ont cessé. Les 350 hommes dispersés alentour et les deux automitrailleuses mobilisées pour réduire en cendre le gang des tractions une bonne fois pour toutes n'y ont rien changé... Une nouvelle fois, ils sont marrons ! Il faut dégager la route, lancer les recherches, reprendre la barre après ce nouveau camouflet. Le préfet Luizet va fulminer, le ministère s'étouffer.

******

3. Marika

Durant les quelques mois d'instruction, les derniers de l'année 1946, Marika est en préventive. Elle comparaîtra devant la 10e chambre correctionnelle de Paris au début du mois de janvier 1947. Les juges du siège se rallieront à l'évidence... Le filet tendu à grand renfort de moyens policiers le 25 septembre 1946 sur le bourg de Seine-et-Marne n'a ramené qu'un maigre fretin... Il faudra néanmoins une sanction ! Le bon peuple, que cette sanction est censée nourrir, a depuis longtemps les yeux tournés ailleurs ! Qu'importe ! l'institution ne doit pas fléchir... Trois ans ferme pour l'exemple !

Par leur jugement tranché, les magistrats entérinent ainsi le nouveau statut de Marika. De gagneuse de Riquet, elle est propulsée maquerelle, et même complice de Pierrot. Par ricochet, Riquet qui figure en bonne place dans le sommier de la brigade des mœurs de Lyon est lui aussi élevé au rang de complice. Mais à ce stade, même aux yeux d'un juge aux ordres, l'absence de preuves est manifeste. Riquet ne sera pas inquiété. Pas cette fois-ci, en tout cas...

Bien sûr, les juges et plus particulièrement le magistrat instructeur ont posé de nombreuses questions sur Marie. La présence de la petite fille au cœur de l'épisode floute le tableau... Elle cadre mal avec les autres éléments qui atterrissent sur le bureau du juge. La vie de Marika est pour le moins dissolue et ça reste un très doux euphémisme ! Les bons plans de Riquet sont loin d'être ses premiers faits d'armes ! À la libération, Marika a été tondue et marquée au fer rouge, puis incarcérée plus d'un an à la prison de Saint-Étienne pour avoir filé le parfait amour avec un officier de la Gestapo lyonnaise. Elle s'était pourtant mariée et installée à Lyon deux ans plus tôt avec Pascual, un petit trafiquant local, le père de Marie. Il semble que

Marika ait elle-même dénoncé son mari à la police et que la Gestapo ait pris l'affaire en main sous l'impulsion probable de l'officier SS dont elle partageait la couche...

Un tel ramassis d'horreur est à ce point obscène que le brave fonctionnaire de justice croit d'abord à un dossier monté de toute pièce par des obsédés de l'épuration — auxquels il a quotidiennement affaire et dont il a déjà démasqué un certain nombre dans des circonstances similaires — mais non, d'autres documents confirment en partie les choses... En particulier un rapport du service d'aide à l'enfance de février 1945. C'est en effet le même tribunal qui a condamné Marika pour collaboration qui a parallèlement missionné le S.A.E. pour prendre en charge les deux enfants connus de Marika. Par ailleurs, Pascual, le père de Marie a bien été déporté à Mathausen en 1943 après avoir croupi plusieurs mois dans les geôles de la Gestapo lyonnaise. Le père de Michel, lui, était un manouche. Il s'en est mieux tiré ; quand l'officier SS est apparu dans le paysage, il avait repris la route depuis longtemps...

******

4. Pierrot la valise

L'ennemi public n 1 a fait trois nouvelles victimes dans les forces de l'ordre. Plusieurs blessés graves. Bien sûr, c'est à lui que la légende attribuera le rôle principal de l'aventure. Celui du chauffeur s'engouffrant à la diable dans la cour de l'auberge, puis jaillissant sur les chapeaux de roue entre les battants du portail criblés de balles quelques secondes plus tard avec toute sa bande à bord... La légende a la peau dure quand le spectacle s'avère à la hauteur. La foule peine à cacher combien de sans grade en son sein s'identifient en secret aux héros de ces saillies rocambolesques qui laissent pantelantes les classes dirigeantes honnies, et ridiculisé le tout puissant état censé protéger leurs biens mal acquis !!! Les titres du soir des quotidiens populaires n'hésitent pas, chaque fois, à s'en faire l'écho avec entrain et vigueur !

Non, pour cette fois, c'est Jo Attia qui était au volant. La Delahaye était dans la cour d'une troisième Auberge en cas de problème ; "en appui", pour en rester à une terminologie militaire que les stratèges de la bande de Pierrot semblent maîtriser beaucoup plus efficacement que ceux de la préfecture de police ! Avec, au surplus, un large coup d'avance à chaque fois...

Les dernières personnes à avoir vu Pierre Loutrel en chair et en os, ce sont Marika et Marie. Personne ne le verra plus de face ni de profil... Pourtant pendant plusieurs années il sera partout à la fois, cerveau et leader présumé de tout hold-up qui sort de l'ordinaire.

Seulement voilà, les choses se sont déchaînées dans une telle furia et avec un tel désordre que le vigoureux témoignage éclair de Marika va rester prisonnier de la C15 de l'inspecteur Nozeilles, prisonnier de cette nuit dantesque à pas y retrouver ses petits.

Marika a suivi Pierrot à l'aveuglette, sa fille dans les bras, le long des sous-sols du Chalet des Marronniers, avant de perdre de vue sa silhouette s'évanouissant dans la nuit. Mais ce n'est pas ce qu'elle racontera au juge quelques jours plus tard. Elle aura eu le temps de réfléchir, de se rendre compte que ce n'est pas le truc à dire si elle veut sortir de ce guêpier...

Pierre Loutrel ne réapparaîtra jamais au grand jour. Pour des raisons politiques, la légende va lui inventer une fin très peu digne... Les journaux du soir vont faire le reste et un tribunal d'instance local entérinera le tout en 1951 dans un jugement supplétif : « en état d'ébriété, Pierrot se serait tiré accidentellement une balle dans le bas-ventre au cours d'un hold-up dans une bijouterie parisienne quelques semaines après le siège de Champigny. Il aurait été enterré par ses comparses dans un îlot de la Seine, à l'issue d'une nouvelle cavale mouvementée, entre toubibs pas clairs et faux infirmiers... En fait, dans un simple banc de sable en face de Limay qui aurait disparu depuis... » Voilà pour la légende...

Non, Pierrot mourra plus tard, beaucoup plus tard, de sa belle mort, comme on a coutume de dire en pareille circonstance, dans son fauteuil favori et devant un vieil écran de télé occupé à diffuser en noir et blanc les obsèques du "grand Charles"...

Le grand Charles aura été son seul héros, à Pierrot. Il ne lui survivra pas. Une page d'histoire se tournera ce jour-là sur ces deux idoles des foules, morts à quelques jours d'intervalle et à peu près du même mal... le constat commun, sage et désabusé qu'il n'y aura plus de place pour les héros dans cette France redevenue prospère. Et puisque c'était la terre où ils étaient nés tous les deux, l'un de souche prolétaire, l'autre de noble ascendance, il sera temps de fermer le ban... d'un commun accord et sans la moindre rancune l'un pour l'autre...

******

5. Les mauvais jours

C'est chez Mémé Giffon que Pascual, du fond de sa cellule, avait fait cacher sa fille au début de l'été 1943. Marie et Mémé Giffon habitaient une cahute, coincée entre deux rangs de vignes, sur les coteaux du Lyonnais. Lorsque Marie y retourne à l'automne 1946, à la suite de la nouvelle arrestation de sa mère, rien n'a bougé. Ni sa mémé bienveillante, ni le froid et le manque d'argent. C'est pourtant dans cette maison de vigne que Marie passera les seuls moments heureux de son enfance. Mémé Giffon est une vieille dame toujours vêtue de noir. Tout le monde l'appelle comme ça, sa mémé Giffon. Cette femme l'a "réparée" en lui apportant toute l'affection dont elle avait besoin. Les deux enfants avaient vécu l'hiver horrible de 1943 en mode de terreur quasi permanente. Marie était enfermée avec son frère dans ce luxueux appartement de Lyon où un tortionnaire sadique les menaçait sans cesse de sa voix gutturale et de sa haute taille, un stick à la main qu'il faisait siffler à tout instant. Il ne le levait jamais sur eux, laissant Marika les corriger durement au moindre prétexte. Mais, la nuit, ils entendaient leur mère crier et supplier à son tour, et au matin, ils n'osaient lever les yeux sur les marques récurrentes aux bras ou aux épaules, quelquefois même au visage de Marika. Ils n'allaient plus à l'école, n'avaient plus le droit de sortir, plus même celui de parler quand le diable rentrait le soir en uniforme noir. Leur seul refuge c'était leur lit, sous les draps duquel, terrorisés malgré la porte fermée, ils se serraient fort quand leur mère se mettait à crier au milieu de la nuit...

La seule personne à qui Marie a vraiment raconté tout ça, c'est sa Mémé Giffon, plus tard...

« Ça avait duré longtemps, jusqu'à ce que l'hiver finisse, qu'un premier rayon de soleil pénètre enfin dans la grande chambre sombre. Ce matin-là, ou le suivant, un type aussi grand que le diable noir était venu nous chercher, Michel et moi. Il parlait tout bas avec la mère pendant qu'elle empaquetait quelques affaires dans deux petites valises. C'était pour nous. Elle nous avait encore accompagnés jusqu'à la porte de l'appartement et nous avait embrassés sur les deux joues comme elle ne le faisait jamais, avant de refermer la porte derrière nous. On avait descendu l'escalier sans faire de bruit ni parler comme l'homme nous l'avait demandé. Lui n'avait pas l'air cruel et méchant comme le diable noir, seulement très grand et costaud.

On a marché jusqu'à sa maison, ce n'était pas très loin, mais ça montait raide, enfin c'est ce qui nous avait semblé, sûrement à cause des valises. Lui aussi en avait une, plus grosse, que la mère lui avait confiée en disant quelque chose que je n'ai pas compris, comme dans une autre langue. Mais lui portait la sienne en la balançant légèrement sans jamais changer de main, un peu comme un cartable vide, alors que moi je devais changer de bras tous les trois pas, en courant presque pour le rattraper chaque fois...

Pour rentrer chez lui, il fallait traverser un bar, mais à cette heure-là, il n'y avait personne. On a monté nos valises jusqu'au troisième. Il avait la clef d'une porte qu'il a ouverte avant de nous pousser devant lui, nos valises et nous... Il a hissé celle que lui avait confiée la mère sur le haut de l'armoire et nous a dit d'installer nos affaires sur l'étagère et qu'on dormirait dans le même lit. Mais ça, on avait l'habitude et c'est plutôt le contraire qui nous aurait dérangés. Kif pour l'armoire a-t-il ajouté en souriant : une pour deux ! Mais, pareil, pas de soucis avec ça de notre côté, qu'on a dû avoir l'air de lui répondre... pour la bonne raison qu'on n'avait encore pipé mot ni l'un ni l'autre ! Lui, il nous parlait très gentiment comme mon père que j'avais plus vu depuis l'été d'avant. Il s'est accroupi pour nous expliquer. Mais même comme ça, il nous dépassait encore d'une tête ! Donc voilà, qu'il a commencé : ici, c'est un genre d'hôtel. On était au dernier étage, comme ça personne nous embêterait. Comme toujours, on n'avait pas le droit de sortir dans la rue, mais le jour on pourrait descendre jusqu'au bar et même faire un peu l'école avec Maggy qui avait son brevet. Pour la nuit, Freddo nous a tout bien expliqué... il pouvait y avoir du bruit, mais nous, on devait pas en faire et toujours fermer la porte au verrou. Tout de suite après dîner, on devrait remonter dans la chambre et bien tirer les deux verrous chaque fois qu'on reviendrait des WC. Pour la toilette, y'avait une bassine et un broc d'eau à côté de l'armoire...

De fait, dès le premier soir on a été bien contents de pouvoir remonter fissa, la dernière cuillère de soupe avalée, car à la nuit tombée deux diables noirs étaient entrés dans le bar Mêmes uniformes raides, mêmes bottes lustrées, mêmes voix gutturales, mêmes rires obscènes. Quelque-fois, on les entendait mêlés à des rires de femmes dans le couloir à travers la porte fermée au double loquet ; mais beaucoup plus tard jusqu'au milieu de la nuit. Ça nous réveillait et l'on ne pouvait plus se rendormir.

Il y avait un pot de chambre sous le lit pour ne

pas avoir à sortir dans le couloir dans ces cas-là. Enfin, surtout pour Michel, parce que moi, la peur, ça me faisait pisser au lit. Michel râlait à chaque fois, mais pas longtemps. Après, il me reprenait dans ses bras. Au petit matin, on frottait le drap dans la bassine avec le petit bout de savon et on le mettait à la fenêtre avant de descendre boire le café en bas.

On ne disait rien à Maggy pour le drap, on s'asseyait tout simplement à une petite tablette derrière le bar. Il n'y avait pas de sucre pour le café, d'ailleurs ce n'était pas vraiment du café, pas de pain non plus, mais Maggy préparait des petits beignets dorés qu'elle appelait des "moufmenaka" dans la langue de son ancien pays. La petite salle se vidait avant le lever du jour. Et l'on était tranquilles toute la journée. Maggy nous avait trouvé des cahiers et nous donnait des devoirs à faire. Même un livre de récitation pour Michel qui savait déjà un peu lire et un cahier de coloriage pour moi. Il y avait aussi la musique à la radio toute la journée.

Quand un diable noir entrait, on filait en vitesse

par l'escalier. Mais ça n'arrivait pas souvent avant la nuit. Il y avait aussi les diables gris qui parlaient la même langue, mais avaient l'air moins rosses, enfin, globalement, je dirais... Le pire que j'ai vu, c'est un diable noir qui a sorti son pistolet pour abattre une petite fille sous les yeux de sa mère, sur le trottoir, juste devant le bar. La petite fille avait à peu près l'âge de Michel. Elle avait juste dit : « Maman, c'est un boche... »

Maggy nous avait immédiatement poussés dans l'escalier avant de nous enfermer dans la chambre. C'est la seule fois où on a été enfermés. D'habitude, c'était nous qui tirions les deux loquets de l'intérieur. Par la fenêtre, on a vu le diable partir dans une grosse voiture sans attendre la suite. Le visage de cet assassin est gravé dans ma mémoire et presque toutes les nuits je fais le même rêve... Michel lui perce la tête avec un poinçon de cordonnier à travers sa foutue casquette noire et moi je lui arrache la langue et les yeux avec une pince de forgeron... et le sang de la petite fille coule à flots dans ses orbites comme la chasse d'une cuvette de chiottes...

Je ne sais pas combien de temps on est restés là. On n'avait rien pour se repérer, pas de jours d'école, pas de dimanche, pas de soir de fêtes. Juste le bordel le soir et la nuit ; tous les soirs le même. Jusqu'à l'été, je crois. En tout cas, il faisait très beau le matin où Freddo nous a emmenés en voiture. Michel à la campagne, chez Celes, une des sœurs de Maggy ; moi, chez Mémé Giffon au milieu des vignes... »

******

6. Pascual

Les mois passant, Pascual, le père de Marie était rentré de Mathausen, puis finalement sorti de l'hôpital de la Croix-Rouge à la fin de l'été 1945. Il n'avait pas eu trop de mal à retrouver la trace de Freddo et Maggy à Toulouse et dans la foulée les noms des nourrices auxquelles Freddo avait confié les enfants au début de l'été 1943.

Pascual se sentait très diminué et Marika était en zonzon à Saint-Étienne, pour un bail d'après Freddo. Pascual ne lui en voulait plus à Marika. C'était une victime comme lui, pire peut-être... victime de ne pas avoir eu de père, victime d'avoir vécu son adolescence dans la misère la plus noire, victime d'avoir aimé comme on aime à 15 ans un gitan qui l'avait laissée à seize sur le bord de la route, victime d'avoir tellement envie d'en sortir enfin... à n'importe quel prix !

Là-bas, en enfer, ce n'est pas la haine que Pascual a apprise, plutôt une sorte de contraire, en forme d'antidote... la haine de la haine, on pourrait presque dire... Pourtant là, maintenant, tel qu'on l'avait rendu aux siens, il ne se sentait pas la force d'assumer deux enfants. Il voulait simplement que les mômes ne risquent pas de nouveau la honte et le malheur quand Marika sortirait... Cette double peine, ces gosses l'ont déjà vécue, Freddo et Maggy lui ont raconté... les coups, la haine imbécile, le plaisir malsain d'inspirer la terreur. Et, plus que tout, le mépris insupportable de ce triste tortionnaire nazi qui a fini sa lamentable existence trucidé à coups de jas sous les yeux de sa pute. Ce que voulait maintenant Pascual, qui ignorait encore que le S.A.E était intervenu entre-temps, c'était les confier aux services de l'assistance publique.

Il avait sa carte de déporté, une incapacité à 80%, la mère était incarcérée pour cinq ans... Freddo et Maggy étaient du même avis que lui, l'Assistance Publique accéderait à sa demande. Pourtant avant de retourner à Lyon pousser la porte de l'A.P., il voulait les revoir, ses gosses, tous les deux. Bien sûr, Michel n'était pas son fils, mais il avait pensé presque autant à lui qu'à sa petite fille, là-bas, au bout de l'enfer... à ce qu'il devrait faire... même s'il n'avait aucune idée de ce qu'il trouverait à son retour... si toutefois...

Ces jours-là, ses pensées s'arrêtaient toujours en route, quand elles ne rebroussaient pas carrément chemin... c'était trop lourd, trop dur, d'essayer d'imaginer ce qu'il risquait de retrouver... si toutefois...

C'est vers sa fille, Marie, que Pascual s'était d'abord dirigé quelques jours plus tard.

Par chance, il se trouvait que le S.A.E. n'avait pas jugé utile de changer à nouveau l'enfant de foyer. Marie avait donc pu rester chez sa Mémé Giffon à qui Freddo l'avait confiée deux ans plus tôt. Mais Marie était désormais pupille de l'institution à hauteur de 5000 francs par trimestre ; une aubaine inespérée pour la vieille femme et sa jeune pensionnaire qui avaient survécu jusque-là avec la retraite agricole d'à peine 1000 francs par mois de la vieille paysanne.

Michel était lui dans une nouvelle famille que Mémé Giffon heureusement connaissait. Les deux enfants avaient l'air en excellente santé, heureux même ! La jeune femme à qui Freddo et Maggy avaient confié Michel était une bonne personne. En l'occurrence la propre sœur de Maggy, une pute au grand cœur retirée des voitures, qui ne cochait cependant pas toutes les cases exigées par l'administration... Du coup, Michel avait été confié à une autre famille d'accueil.

******

7. D'une prison à l'autre

Aux bourres, Marika n'a plus rien lâché ce soir du 25 septembre 1946. Pas plus que le lendemain...

Le surlendemain, devant le juge d'instruction, elle ne sait pas encore que ses premières déclarations n'ont pas transpiré des cuirs de la C15 de l'inspecteur Nozeilles. Elle a pourtant décidé d'en dire le minimum au juge, de s'en tenir à ce qu'elle ne peut pas nier : elle s'est échappée du chalet des Marronniers, à l'aplomb duquel Nozeilles l'a récupérée. Point. De Pierrot, elle n'en parle plus...

Le juge est cependant payé pour instruire, c'est son pain quotidien ! Il le fait donc sur la base du peu d'éléments que les enquêteurs lui rapportent... Aux dires de ceux-ci, c'est Pierrot qui était au volant de cette Delahaye en furie, seul. Il a déboulé à l'auberge de Champigny pour y récupérer son équipe à la volée et a forcé les barrages dans l'élan sans sourciller... Du Pierrot pur jus !

En fait, de nuit et à la vitesse où fonçait le bolide, personne n'a pu le reconnaître formellement. Mais la légende joue à plein ! Qui d'autre que le célèbre barjo a pu conduire cette furieuse fantasia ? Du coup, certains témoins, flics de base pour la plupart, s'avancent au jugé... Ils "croient bien" avoir reconnu Loutrel au volant du bolide... « D'où pouvait sortir ce cabriolet noir surmotorisé, sinon d'un abri ménagé derrière le Chalet des Marronniers où les malfrats semblent avoir passé d'excellents moments auprès de l'excitante compagnie qu'ils ont ensuite abandonnée sans vergogne dans les caves, paralysée par la terreur... ? ...Sous la garde de Marika qui aurait été blessée dans la bagarre qui s'en est suivie... ? » est en droit de s'interroger le juge... « Marika n'a pu s'extraire de l'établissement que quelques secondes avant l'hallali... N'est-ce pas justement parce qu'elle a contenu les filles jusque-là ? ...Jusqu'à ce que Pierrot soit prêt à lancer la Delahaye vers l'auberge de Champigny au moment adéquat... ? » Bien sûr, le juge ne fait que supputer... Mais tout ça reste néanmoins plausible...

Dans le doute, et aussi parce ce qu'on lui a signalé par la bande qu'il n'était de toute façon pas imaginable de remettre cette fille en liberté en l'état, il inculpe Marika de complicité, association de malfaiteurs et séquestration...

Le regard sombre de Pierrot, le stress intense captif de l'obscurité d'un tunnel étroit puis de l'habitacle en transe d'un véhicule en opération, Marie va les garder en elle, profondément enfouis... Le témoignage de Marika planera dans la mémoire d'un jeune gendarme, qui recroisera des années plus tard la route de Marie, attendant son heure au fil des années noires... Après être passée par la case prison de Saint-Étienne deux ans plus tôt, Marika se retrouvera en effet bientôt au quartier des femmes de la rue de la Roquette, dite "la petite Roquette", puis dans les "allées galantes" du bois de Boulogne, jusqu'au dégoût épidermique de la gent masculine...

Bien sûr, Michel, lui, n'a pas vécu cette nuit d'apocalypse. Mais il n'y a qu'à lui que Marie racontera un jour tout ce qu'elle a vu...

Le même juge d'instruction note que dans son premier rapport administratif, l'inspecteur du Service d'aide à l'enfance a consigné dès fin octobre 1944 que la trace des enfants a été retrouvée grâce à leur grand-mère maternelle, Berthe. C'est elle qui, à l'époque, a orienté l'inspecteur de l'assistance publique vers un certain Freddo, hôtelier dans le quartier de la Croix-Rousse. Mais le témoignage de la grand-mère est resté assez vague. Elle prétendait que sa fille avait tenté de garder ses enfants avec elle plusieurs mois dans le logement réquisitionné par les Allemands qu'elle partageait avec son galant de la Gestapo dans le centre de Lyon. Mais l'homme se montrant de plus en plus brutal à leur égard, Marika avait préféré les éloigner par l'intermédiaire de ce

Freddo. La grand-mère ne connaissait rien d'autre que ce sobriquet et le fait qu'il avait croisé Pascual, le père de Marie, dans les geôles de la Gestapo lyonnaise durant l'hiver 43.

L'inspecteur de l'assistance publique rapporte ensuite que, de retour à Lyon, il n'a eu aucune peine à retrouver la trace de Freddo ! Ce Freddo-là est bien connu dans le milieu de la prostitution lyonnaise... On lui a rapporté que, jusqu'à tout récemment, il tenait un bar avec une certaine Maggy dans une des rues les plus chaudes du "quartier réservé". Mais voilà, plus de Freddo, plus de Maggy... l'épuration avait balayé tout ça et c'est sur cet écueil que l'enquête du S.A.E. a provisoirement buté...

Oui, balayé tout ça ! Mieux qu'une faucheuse, ça, le juge le sait, car tout ce petit monde collaborait activement, allégrement même ! Des beurre-œufs-fromage, aux putes à boches, en passant par les délateurs les mieux intentionnés... Mais la donne a changé du jour au lendemain, quand les Allemands ont plié bagage en catastrophe sous la pression des troupes alliées en septembre 1944 ; certains y ont laissé leur peau – pas forcément les pires – d'autres, comme Marika, ont subi l'opprobre, les plus nombreux se sont évanouis dans la nature… L'inspecteur n'a pas eu besoin de l'ajouter dans son rapport, le juge l'a parfaitement compris ! Or Freddo et Maggy sont de ceux-là, de ceux qui ont pris à temps la poudre d'escampette...

Ce n'est qu'un mois plus tard que, subitement, l'accusée s'est providentiellement souvenue des personnes à qui avaient été confiées ses deux enfants...

Du coup, la part encore intègre de ce vieux magistrat qui instruit l'affaire de Champigny dans les derniers mois de 1946 est bien obligée de se poser la question... Par quelle étrange circonstance les choses ont pu se passer comme l'accusation les lui présente avec cette gamine accrochée aux basques de sa mère... ? ...Comment imaginer, quand les choses ont commencé à mal tourner au

Chalet des marronniers, que Marika, blessée, courant dans le noir à l'aveuglette avec l'unique souci de sauver sa peau, ait encore eu la volonté de serrer de ses dernières forces cette gosse qu'elle semble par ailleurs avoir quasiment abandonnée depuis sa naissance ? L'instinct originel du mammifère femelle surgi du fond des âges... ? Du tréfonds de la bête traquée... ?

Dans le bureau du juge d'instruction, Marika a perçu la perplexité du magistrat. De retour dans sa cellule, elle aura tout le temps de l'analyser... d'en déduire la stratégie gagnante. Elle a manœuvré exactement de la même façon deux ans plus tôt. Du fond de sa cellule à la prison de Saint-Étienne, à peine remise des sévices qu'elle venait de subir en public, c'est à Riquet, son ancien mac qu'elle avait fait appel...

*****

8. Riquet

Riquet, c'est celui qui l'a sortie du ruisseau, des pattes de Pascual, son mari, petit trafiquant sans envergure dans le Lyon fourmillant des premières années de guerre, quand la ville était encore en zone libre. Sans s'éloigner complètement de Pascual, Marika travaillait de temps à autre "en maison", pour faire court ; des claques cossus et "bien fréquentés" lui assurait Riquet qui s'occupait chaque fois de lui trouver une nourrice pour les gosses et d'en régler les frais. Un beau jour, il lui avait mis le pied à l'étrier avec ce gradé de la Gestapo... Et cette fois, Pascual avait disparu pour de bon...

Ce qu'elle avait demandé à Riquet, Marika, au parloir du quartier des femmes de la prison de

Saint-Étienne, quelques jours seulement après son arrestation, c'était qu'il retrouve ses enfants cachés par ce Freddo qui avait croisé le père de Marie en cellule pendant l'hiver 43. C'était la seule carte qu'elle pouvait jouer pour espérer ne pas croupir trop longtemps en cellule... Riquet avait accepté. Il n'avait pas renoncé à récupérer sa gagneuse de haut vol quand tout ce bordel serait fini, que les affaires reprendraient.

Le milieu des proxénètes lyonnais a été atomisé dès les premiers jours de septembre 1944. Les "tribunaux de la résistance" ont fait d'emblée un sacré ménage ! Marika, pour sa part, en a pris pour cinq ans ! C'est bien pour ça qu'elle avait encore besoin de ce salaud de Riquet. Sa meilleure chance, d'après son avocat de l'époque, c'était qu'elle fît état de sa "détresse absolue" devant la situation de sa fille Marie et de son frère Michel, égarés, sans père ni mère, dans l'immense pagaille de la libération...

Dans toutes les métropoles, le milieu de la prostitution était relativement fermé à l'époque, géré par des professionnels. Celui de Lyon n'échappant pas à la règle, Riquet était un assidu du bar-hôtel de Freddo et Maggy. Riquet avait ainsi rapidement eu confirmation que c'était eux qui avaient été chargés par Pascual – opportunément fourré aux oubliettes par les boches – d'éloigner les enfants de leur mère toxique. Dans les circonstances houleuses du moment, Riquet avait peu de chances de retrouver rapidement le couple d'hôteliers en cavale. Mais ce qu'il pouvait remonter, c'était le réseau de planques que la corporation utilisait de longue date pour mettre au vert les filles quand cela s'avérait nécessaire. Pourquoi Freddo aurait-il été chercher plus loin ?

Moins de trois semaines plus tard, Riquet avait en effet logé les deux gamins. Le garçon chez la sœur de Maggy, une pute repentie qui avait jadis fait partie de son écurie ; la petite fille, chez une vieille tante de la première, au milieu des vignes, à moins de trente kilomètres au sud de Lyon.

Ses enfants logés (merci Riquet !), Marika n'avait plus eu qu'à jouer du violon sur l'air de la mère éplorée qui se fait un sang d'encre pour ses rejetons en danger qu'elle veut récupérer au plus vite... Le plan avait d'autant mieux fonctionné que la justice de la république était globalement encline à retoquer les jugements de ces "tribunaux de la résistance", tant nombre d'entre eux avaient été prononcés sous le coup de la colère et de la revanche... Le plan avait en tout cas fonctionné bien au-delà des espérances de son avocat de l'époque, puisque Marika avait été libérée juste avant Noël 1945 afin de pouvoir retrouver ses enfants.

******

Tout cela, c'était donc un an plus tôt, treize mois exactement, puisqu'on est maintenant en janvier 1947 au parloir de la petite Roquette. Marika vient d'être de nouveau condamnée, à trois ans de réclusion cette fois, dans le cadre du "siège de Champigny". Son nouvel avocat l'a écoutée avec attention. Une once de répugnance aussi, bien sûr... C'est vrai qu'il est encore jeune, le bavard. Mais même jeune, il est de ceux qui ont "fait leurs humanités", appris que tout métier, aussi noble soit-il, a ses aléas... que " chacun à sa place et le troupeau sera bien gardé ! " Il ne peut donc que conforter sa cliente dans son choix... Oui, il faut, cette fois encore, tout miser sur la fibre maternelle, son désir de sortir au plus vite pour récupérer ses enfants, les arracher aux affres de l'assistance publique, aux griffes de l'injustice ! Aller même plus loin ; montrer que pour ce faire, elle est prête à tous les sacrifices ! Si elle joue le jeu à fond, elle sortira dans moins de deux ans, le jeune avocat en semble convaincu. Noël 48, ajoute-t-il en croisant les doigts ! Pour sa part, il fera le maximum.

Bien sûr, il s'avance un peu, le jeune bavard...

Mais on l'a vu, il est jeune justement, plein de fougue. En tout cas, on y croit ! Pas si sûr que le juge d'application des peines se laisse berner une seconde fois... Mais on n'en est pas là. On n'est qu'au tout début de l'année 1947...

******

9. Les visiteurs du dimanche

Cette fois, Marika sait où sont ses enfants. Elle reçoit régulièrement des nouvelles par le S.A.E. qui les a repris en charge dès sa nouvelle arrestation fin septembre 1946.

De retour dans sa cellule, ce 15 janvier 1947, Marika a presque repris confiance. Son jeune et fringant avocat l'a "regonflée". Il a l'air assez sûr de lui, combatif et pas si répugnant dans son habit de corbeau... Le fait est qu'il a raison sur un point précis : la justice de la République – en tout cas ceux dont elle reçoit les ordres – était fichtrement pressée de classer cette histoire ! Marika n'a fait que trois mois de préventive ; le temps qu'ont pris l'instruction et le procès... un record en ces temps de tribunaux furieusement encombrés par un souci affiché de retour à l'ordre républicain...

Marie avait six ans, Michel huit quand Marika les avait donc récupérés quelques jours après sa libération de la prison de Saint-Étienne à la veille de Noël 1945. Elle les avait conduits illico chez leur grand-mère, Berthe, dans la ferme du Perche où Marika est née vingt-cinq ans plus tôt.

Certes, ce n'était pas la première fois que Marika venait arracher sans la moindre précaution la petite fille à sa nourrice du moment... Il y avait eu la mère Michaud, puis la mère Fernande, puis une autre au Quincieu dans la banlieue lyonnaise dont Marie avait oublié le nom. Ce dont elle se rappelait parfaitement, c'est du tonneau où celle-là les installait pour la nuit, Michel et elle, parce qu'ils faisaient encore tous les deux pipi au lit... Marie se souvient très vaguement du visage de certaines, pas de toutes ; elle était toute petite, entre un et trois ans. Mais c'est cette fois-là, chez sa mémé Giffon, où elle s'était sentie tellement en confiance, tellement aimée, que la séparation avait été la plus dure...

Marika n'était allée les voir que cinq ou six fois là-bas entre sa libération à Noël 1945 et ce 25 septembre 1946, où – bien malgré elle, il est vrai – elle a entraîné Marie dans l'horreur...

Ce n'est pas trop dire que pour Marie l'épisode de Champigny a été très violent. De plus, il faisait suite à cette période traumatisante, vécue avec Michel chez leur grand-mère dans le relatif dénuement de la dépendance d'une ferme isolée, au fin fond du Perche. Quelquefois, Marika débarquait le dimanche en voiture de luxe conduite par Riquet ou l'un de ses amis. Talbot ou Bugatti, d'après son frère Michel qui passait ensuite le reste de la journée à tourner discrètement autour des bolides. Il y avait aussi souvent d'autres femmes. C'est un monde inconnu qui déboulait sous les yeux ébahis des deux enfants : bagouses, colliers de perles, fourrures, parfum capiteux, longs fume-cigarettes en corne pour les femmes, énormes chevalières en or, pompes croco et feutres à larges bords pour les hommes. La bande repartait deux heures plus tard vers un restaurant de Mortagne ou d'ailleurs, sans avoir porté plus d'attention aux deux enfants que quelques banalités niaises lâchées dans la foulée de leur arrivée fracassante avec leurs cadeaux clinquants. Entre deux éclats de rire affectés, Marika houspillait très rudement Berthe, sa propre mère, l'insultait sans retenue, la frappait même quelquefois... Les deux gamins avaient très peur, s'éloignaient aussitôt que possible après avoir prudemment remercié pour leurs cadeaux, se serraient enfin dans les bras l'un de l'autre, soulagés, quand la horde filait enfin vers leur foutu restaurant...

Cette fois-là, le 24 septembre 1946, les choses s'étaient passées différemment. C'était un samedi matin et Marie était toute seule ; sa grand-mère avait emmené Michel en autocar jusqu'au bourg pour une visite au dispensaire. Une petite voiture s'était arrêtée devant la maison. Marika en était descendue tout sourire, puis s'était aussitôt fâchée en découvrant que sa fille allait rester seule à la maison toute la journée. C'est une de ses copines qui conduisait la petite voiture. Michel n'était pas là pour préciser à Marie que c'était la toute récente

4 CV Renault et lui en commenter les performances. La copine, c'était le même genre de fille que d'habitude, mais très gentille, qui avait même joué avec elle toute la matinée et l'avait aidée à préparer le déjeuner. Elle s'appelait Marylou.

Riquet avait déboulé au milieu de l'après-midi au volant d'une grosse cylindrée sombre, soulevant une gerbe de gravillons en freinant pile derrière la voiture de la fille gentille. Il était très pressé, avait donné cinq minutes à ses gagneuses pour ramasser leurs nippes. Marika s'était fâchée de nouveau, tout rouge cette fois ! Pas question qu'elle laisse sa fille ici toute seule ! Riquet n'était pas d'accord, mais Marylou avait pris la défense de Marika. Le mac avait grondé en s'approchant des deux femmes, menaçant. Marie avait eu très peur et s'était mise à crier. Elle avait peur de cet homme, mais elle le haïssait assez pour trouver le courage de crier, de hurler même, comme elle avait appris à le faire toute petite ! Riquet s'était arrêté net, les yeux plantés dans ceux de la petite fille. De toute façon, il fallait filer ; il n'avait pas le temps de dresser cette maudite gamine. Il avait juste celui de pousser les deux femmes, dont il avait un besoin urgent, dans la berline et de décarrer en vitesse. Il s'occuperait de la 4 CV plus tard...

Cet éclat sinistre dans le regard de Riquet, la petite fille ne l'oubliera jamais... Elle s'est sentie clouée au sol, sans le moindre espoir de fuite. C'est l'origine de cette méfiance viscérale, teintée de crainte et de haine sourdes qu'elle éprouvera tout au long de son adolescence et dont elle aura des années plus tard toutes les peines à se défaire quand elle recroisera le vieil homme usé par la vie et les années de taule. Tout ce qu'elle a su faire sur le champ, c'est hurler comme une dingue en fusillant le mac du regard. Ça l'a stoppé net, le Riquet ! Et pendant des années, Marie hurlera en silence, bouche cousue, poings serrés et bras raidis contre le corps, chaque fois qu'elle se retrouvera devant Riquet ; une vibration stridente censée tenir les diables à distance... Puis les années passant, un cri assumé et sans équivoque : « tu me mettras jamais sur le trottoir comme ma mère et les autres ! »

« Le jour de cette première mutinerie, ma mère et Marylou me tenaient fermement chacune par une main et, si elles avaient fini par obéir aux injonctions de Riquet en s'engouffrant séance tenante dans la berline noire, elles ne m'avaient pas lâchée pour autant. Le mac avait laissé tomber, il était trop pressé pour discuter avec ses gagneuses cabochardes. D'autant qu'il savait très bien que la violente colère de Marika n'avait rien à voir avec moi... Elle n'avait à voir qu'avec Marylou, cette colère... Marylou qui était devenue "sa préférée". Or il n'avait pas la moindre intention d'aborder le sujet pour le moment ! »

C'est comme ça que Marie était partie en trombe et quasiment en même temps que 350 policiers et deux automitrailleuses pour les grandes manœuvres de Champigny-sur-Marne...

Après Champigny, Marie n'a revu Michel qu'une seule fois. C'était quelques jours seulement après le fiasco grand format de la maison poulaga au Chalet des Marronniers. Les deux enfants attendaient ensemble dans le grand préau d'une résidence de l'Assistance publique.

C'est là que Marie a raconté à Michel tout ce qu'elle avait vu cette nuit-là au Chalet des marronniers. Un moment plus tard, une assistante sociale leur avait expliqué qu'ils ne pourraient pas revoir leur maman pendant plusieurs années, mais qu'on allait s'occuper d'eux. Ils connaissaient tous les deux la chanson et elle ne leur avait fait ni chaud ni froid...

Pourtant, de ce jour, Marie n'a plus revu Michel pendant dix ans.

*****

10. Les jours heureux

Quelques heures plus tard, elle était de retour chez sa Mémé Giffon et elle était tellement soulagée et heureuse qu'elle n'a plus repensé à Michel avant le lendemain. Ensuite, elle y a songé tous les soirs avant de s'endormir, comme à une fatalité qui prendrait bientôt fin... Chaque fois, elle se disait « bah, après tout ça, un jour de plus ou de moins... ».

À l'automne 1946, c'est donc enfin une page presque heureuse qui s'ouvre pour Marie, une pause dans l'infortune, la fée Chance qui pointe opportunément de la baguette en travers d'un chemin si abrupt... Marie accoste un îlot magique, certes fruste à l'extrême, mais au large de la violence et de la peur qu'elle et son frère côtoient depuis leur naissance...

C'est le seul épisode de son enfance que Marie aimera à raconter plus tard...

« Chez Mémé Giffon, j'ai vite oublié tout ça. Sauf le rêve qui revenait toujours. Je me mettais à hurler au milieu de la nuit et comme il n'y avait qu'un lit, Mémé Giffon me serrait contre elle. Je pissais au lit à chaque fois, mais la mère Giffon ne disait rien ; tout comme Maggy n'avait rien dit quand elle avait compris le manège du drap pendu à la fenêtre au petit matin...

Au début, Mémé Giffon ne recevait rien pour ma pension. Je me rappelle comme on attendait l'argent de sa retraite. Elle appelait ça la retraite des vieux et à l'époque ça s'élevait à 3000 francs par trimestre. Elle n'avait pas de compte bancaire ; c'est le facteur qui apportait le mandat et il fallait aller chercher l'argent à la poste de Sainte-Colombe. C'était chaque fois la fête et ça commençait par une limonade sur la place de l'église !

La vie était rude... Nous n'avions pas d'eau. On allait la prendre au puits qui était à deux cents mètres de la maison, enfin à peu près. Ce qui est sûr, c'est que le seau était lourd ! L'électricité n'a été mise que deux ans après, mais Mémé Giffon n'aimait pas que l'on s'en serve, car cela coûtait trop cher... Alors on a continué à s'éclairer à la lampe à pétrole et l'on se couchait très tôt l'hiver. On se chauffait à la cuisinière à charbon. Je me souviens des boulets noirs et du petit volet qu'il fallait tirer dès que ça commençait à ronfler dans le tuyau, parce que ça consommait trop de charbon et même que ça risquait d'exploser, d'après Mémé Giffon. La nuit, nous avions bien chaud, car nous nous serrions l'une contre l'autre dans le lit étroit. Sauf si nous étions fâchées, et là, nous faisions la rue "tourne cul", mais je me rappelle que ça ne durait jamais longtemps...

La cahute était en pleine vigne, mais il y avait aussi beaucoup de fruits ; cerises, pêches de vigne, abricots, et bien sûr, des raisins sans compter. Mémé Giffon devait me houspiller pour que j'arrête d'en manger... Mais c'était pour rire !

Aux magasins du village, il y avait toujours ces

histoires de tickets, mais Mémé Giffon recevait quelquefois des aides pour nous deux à la mairie. Et là, y'avait pas besoin de ticket ; suffisait, m'avait dit Mémé Giffon, d'être des "personnes indigentes" ; expression que j'avais du même coup associée à celle de "personnes gentilles" qu'on récompensait, un peu sur le mode du système des bons points à l'école, mais pour les grandes personnes. Bref, on se débrouillait toujours ! Même pour le réveillon où l'on faisait de la "récupération" derrière les cuisines du domaine des Jacquières. Je ne me rappelle pas avoir eu faim chez ma Mémé Giffon.

L'école était à Sainte-Colombe à trois kilomètres à travers les vignes. Il n'y avait pas de cantine et je faisais le chemin quatre fois par jour. Mais il y avait d'autres gosses aux Jacquières qui étaient le nom du lieu-dit où nous vivions. Alors on descendait et l'on remontait ensemble et on s'amusait bien. En revenant, j'appelais Mémé Giffon toujours du haut du même rocher et elle me répondait. L'été, on avait trop chaud et l'hiver trop froid, mais, avec ma cape en grosse laine et mes galoches, je tenais le coup !

Le soir, quand j'avais pas sommeil, elle chantait des chansons d'avant, quand elle était petite. Elle était née en 1870 et elle avait été à l'école à Sainte-Colombe, elle aussi. Elle me l'a raconté un soir où j'avais toujours pas sommeil après les chansons que je connaissais déjà toutes par cœur... Elle n'avait pas toujours habité dans cette petite maison. Elle y vivait seulement depuis la mort de son mari. Avant, ils habitaient ensemble au domaine dont il était régisseur. Ils n'avaient pas eu d'enfant et après la mort de son mari, les propriétaires l'avaient installée dans cette petite maison. Plus tard, le domaine avait été vendu, mais personne ne lui avait jamais rien demandé. C'était une maisonnette d'une pièce sans confort et la cuisinière avait plus de cent ans, mais le toit était bon. Et comme disait Mémé Giffon : " à cheval donné, on ne regarde pas les dents ! "

Le mieux, c'était encore les grandes vacances ! Faut dire qu'elles duraient, ces grandes vacances, du 1er juillet au 1er octobre. Les colonies de vacances étaient inaccessibles, alors on allait aux patronages organisés par le curé du village et le reste du temps on gardait les vaches et les moutons dans les champs, on ramassait les fruits, on faisait les vendanges. D'ailleurs, souvent on ne reprenait pas l'école le 1er octobre, vendanges obligent ! Aux Jacquières, j'ai vécu les seules années heureuses de mon enfance... Mémé Giffon a tout fait pour que cela soit. Sa photo est toujours sur le coin de ma cheminée, là où d'autres installent celle du mariage de leurs parents, et son sourire me remplira toujours de joie.

L'inspectrice du S.A.E. qui était venue nous voir une ou deux fois aux Jacquières avait dû piger tout ça d'un seul coup d'œil, et c'est comme ça que je suis revenu chez Mémé Giffon après la nuit de Champigny... »

******

11. L'épuration

1948, la France respire enfin ! Les "collabos" ont payé... Au moins les lampistes ; les autres sont à l'abri. Les affaires peuvent reprendre... Pierrot est réputé mort. En tout cas, sa piste s'est opportunément évanouie !

Celle de Marika est provisoirement en mode "pause" à la petite Roquette.

Celle de Riquet s'arrête pour l'heure au Pays basque où ce dernier s'est prudemment mis au vert.

Quant à celles des différents membres du gang des tractions, elles vont s'éteindre une à une dans le sang au fil des années. Au mieux, comme celle de Marika, s'immobiliser dans des prisons diverses où ils n'ont à purger que des peines mineures. En effet, concernant les hold-up sanglants, il n'y a jamais de témoin. Les rares survivants hésitent à la ramener, on les comprend ! Les seuls témoins crédibles, en fait, ce sont eux, les lieutenants de Pierrot encore en vie... et ils ont toujours fait bloc, au faîte de la gloire comme au creux de la vague...

Boucheseiche est arrêté à Mandelieu en juillet 1947. Il écope d'un an pour recel de cadavre, puis de sept pour une affaire plus ancienne ; il a dévalisé un diamantaire juif pendant l'occupation.

Attia est appréhendé quelques jours plus tard à Marseille. Il restera en préventive jusqu'en 1950. Mais décidément les juges n'ont rien à se mettre sous la dent, en tout cas pas la moindre preuve sérieuse apte à emporter la conviction d'un jury populaire à l'encontre d'un des rescapés les plus héroïques du camp de Mauthausen... L'indéfectible bras droit de Pierrot le fou sera condamné à trois ans de réclusion pour un vulgaire cambriolage commis à Marseille l'avant-veille de son arrestation. Il ressortira donc libre le soir même.

Feufeu, le mécano, qui a été intercepté quelques jours après le siège de Champigny dans un café de Montmartre, meurt en prison de la tuberculose en 1953.

Seuls, Raymond Naudy et Abel Danos vont

refaire la Une des quotidiens pendant plusieurs semaines à la suite d'une cavale sanglante entre Nice et Milan en 1948. Six fonctionnaires de la police et des douanes mortellement atteints côté français, trois côté transalpin. Naudy y laisse la vie ; Danos s'en tire miraculeusement et parvient à rejoindre Paris où il se terre plusieurs mois dans une chambre de bonne avant d'être donné par le milieu. Il cumulera les tristes privilèges de deux condamnations à mort successives ; l'une par la justice de la république en mai 1949, l'autre par la justice militaire en juin 1951. Il sera exécuté en mars 1952 au fort de Montrouge.

S'il y a un fil qui n'a pas encore brûlé dans cette fournaise, c'est celui qui attache Marie à son grand frère Michel, dont elle n'a plus aucune nouvelle depuis qu'elle est revenue au Jacquières chez sa Mémé Giffon... Pour Marie, le seul espoir qui vaille, au-delà de l'horizon paisible des Jacquières, c'est celui de retrouver son grand frère...

Contre toute attente, en effet, en décembre

1948, le juge d'application des peines accepte la demande de liberté conditionnelle déposée par le conseil de Marika. Le jeune avocat s'en est brillamment sorti dans le délai qu'il s'était fixé. De l'avis général, ce n'était pourtant pas gagné ! Mais le coup de la pute repentie, mère éplorée d'abord soucieuse d'élever désormais dignement ses enfants, a fonctionné une seconde fois ! Cinq jours avant Noël, Marika est dehors... Elle n'a croupi en cellule que deux ans, préventive comprise !

C'est donc en janvier 1949 que Marika, tout juste libérée, était venue arracher une deuxième fois Marie au paradis des Jacquières en faisant tout un cinéma. Bien sûr, une fois de plus, ce n'était que pour la galerie ; en l'occurrence, l'assistante sociale qui l'accompagnait ce jour-là. Mémé Giffon l'avait bien senti et ça lui avait fait beaucoup de peine, mais elle n'en avait rien dit à Marie.

Dès la semaine suivante, Marika avait conduit sa fille chez les sœurs du Bon Pasteur, un institut pour jeunes filles de la Croix-Rousse. Elle n'avait pas choisi l'endroit au hasard. Marika avait elle-même été placée dans l'institution par son beau-père, tripier de son état, une quinzaine d'années plus tôt, à la suite de plusieurs fugues successives.

À l'époque, l'institution accueillait déjà des filles perturbées, quelquefois délinquantes. Une sœur de la congrégation des maristes, Marie Eude, avait pris Marika sous sa protection.

Marika s'était rendue sur place. La religieuse était toujours là... Bien sûr, elle avait maintenant plus de soixante ans. Elle se déplaçait difficilement. Marika lui avait confié ses déboires judiciaires, sa récente sortie de prison et l'incapacité dans laquelle elle se trouvait pour le moment d'élever ses deux enfants. Elle souhaitait confier sa fille à l'institution pour un an, le temps qu'il lui faudrait pour "s'en sortir". La vieille religieuse écouta longtemps son ancienne protégée ce jour-là. La peine se lisait sur son visage ridé, mais elle avait accepté de parler en sa faveur à la secrétaire de la mère supérieure dont dépendaient les admissions...

Marie devint donc pensionnaire du Bon Pasteur

quelques jours plus tard, au début de ce mois de janvier 1949. Elle fut confiée à l'attention d'une religieuse plus jeune, sœur Saint Jean de la Croix et les choses ne se passèrent globalement pas trop mal. Bien sûr, la protection aimante de Mémé Giffon était loin, d'autant que plusieurs filles du dortoir étaient passablement violentes. Certaines le devenaient de façon complètement imprévisible et ingérable par les sœurs de garde qui ne manquaient pourtant pas de poigne... Surtout quand ça arrivait la nuit, dans le dortoir. Mais Marie n'était plus une toute petite fille... Elle allait avoir dix ans et avait déjà appris tellement de choses, été confrontée tant de fois à tant de formes de violence.

******

12. Pierre Saindrichain

Un peu plus de deux ans se sont écoulés depuis le siège de Champigny. Autant de mois au cours desquels le nuage opaque d'incrédulité qui a tangué de longues minutes dans l'esprit de l'inspecteur Nozeilles — blackboulé entre les hurlements de Marie, les sanglots nerveux de sa mère et l'urgence absolue — est retourné partiellement au néant. Oui, des bribes de ces cris lui sont revenues parfois... Mais une évidence raisonnable et construite est chaque fois parvenue à s'imposer à ce fonctionnaire intègre... « Cette mère en état de choc n'était qu'une victime collatérale de ce lamentable fiasco. Vulgaire pute, en extra ce soir-là, qui avait pété les plombs dans la tornade où elle s'était retrouvée piégée. » Le brigadier-chef qui avait rattrapé Marika au vol pensait à peu près la même chose en beaucoup moins de mots et le tout jeune maréchal des logis qui l'accompagnait n'avait pas l'ancienneté voulue pour émettre un avis personnel... Pourtant, dans l'instant, il lui avait paru assez clair que le Barjo – sobriquet dont ses collègues affublaient désormais Pierrot – ne pouvait être en planque à proximité immédiate de l'auberge de Champigny, au volant d'un "véhicule d'appui en support de ses lieutenants" et, quasiment en même temps, quelques mètres devant Marika dans les caves du Chalet des Marronniers... L'histoire confirmerait, beaucoup plus tard, les doutes du jeune maréchal des logis... Pierre Loutrel s'était juste évanoui définitivement dans la nuit, ce soir-là !

Le jeune gendarme était un des mieux placés pour subodorer que ses supérieurs faisaient fausse route... Non seulement il avait attentivement écouté la diatribe de Marika, mais quelques minutes plus tard, il s'était retrouvé lui-même coincé dans la nuit entre les deux établissements... Comment le Barjo, blessé, aurait-il pu gagner à pied l'auberge de Champigny illuminée par la fusillade et à près d'un kilomètre de celle des Marronniers, ou même rejoindre au jugé le trajet de fuite de la Delahaye qui fonçait déjà sur la route de Nogent, à travers les barrages ?

Le premier souci du gars, pour l'heure, c'était de passer "maréchal des logis chef" dans un délai raisonnable, pas d'émettre des opinions divergentes qui indisposeraient ses supérieurs directs. Le jeune homme avait ébauché des études de sociologie avant de se tourner en ces temps difficiles vers le fonctionnariat. Il n'ignorait pas que la vérité administrative est relative, fonctionnelle et politique. Il retournera d'ailleurs dans le civil quelques années plus tard, quand les opportunités d'emploi y seront moins rares. Il deviendra même un assez bon journaliste. Il s'appelle Pierre Saindrichain. Un nom qui recroisera en temps utile la route de Marie, des années plus tard.

******

13. Au Bon Pasteur

Marika venait quelquefois voir sa fille au Bon Pasteur. Curieusement, elle ne venait jamais seule, mais toujours flanquée d'une copine. Souvent Marylou que Marie aimait bien, parfois une autre, une certaine Yvette pour laquelle Marie éprouvait une aversion épidermique.

La petite fille essayait vainement de comprendre, d'imaginer, de construire maladroitement ce qu'elle ne parvenait pas à deviner... Malgré son très jeune âge, elle percevait confusément que sa mère appréhendait de se retrouver seule avec elle... qu'elle ne venait la voir que parce qu'une circonstance extérieure l'y obligeait... Ce n'était pourtant encore qu'une sensation diffuse qu'elle saurait mieux formuler quelques années plus tard... Pour l'instant, sa mère n'incarnait que l'insécurité et la fuite, mais bientôt sa raison lui imposerait l'évidence... Marika était un être froid, égoïste et calculateur qui ne les aimait pas, son frère et elle.

Ce temps venu, même en fouillant sa mémoire, elle ne se souviendrait d'aucun moment de tendresse avec sa mère qui puisse lui apporter le début d'une preuve du contraire. Si Marika l'avait visitée assez régulièrement au Bon Pasteur à cette époque, c'était probablement parce que ça la servait quelque part, comme les autres fois, comme en chacune des rares occasions où elle était venue les voir ou les chercher, elle et son frère Michel. En fait, c'est quand elle avait eu besoin de ses gosses pour s'en sortir qu'elle s'était manifesté. Après plus rien. Elle redevenait aussitôt inexistante. Même le jour où, chez sa grand-mère, Marie s'était désespérément accrochée à sa mère en train de courir vers la maison en hurlant : « Non, je ne laisserai pas ma fille toute seule ! » Même ce jour-là, elle, Marie, n'avait rien à y voir... Ce n'était qu'un chantage de plus contre Riquet ! Qui n'avait pas fonctionné en plus... et s'était terminé dans le sang et les larmes, comme on sait. Une fois de plus, elle n'avait été qu'un moyen, que le jouet d'une manipulation de sa mère...

Il lui reviendrait souvent en mémoire la première occasion qu'elle avait eue de revoir sa mère après la fuite avec Freddo. C'était à la prison de Saint-Étienne à travers la grille du parloir, au cours de l'hiver 1945. Marika l'avait fait grimper le long des barreaux en disant : « comme tu es belle, comme tu as grandi ! » Mais Marika avait à ce point changé et sa voix sonnait tellement faux que la petite fille s'était demandé si c'était bien sa mère et s'était à peine laissée embrasser. Ce jour-là encore, Marika avait juste eu besoin que sa fille soit là pour pouvoir faire son cinéma devant la galerie en vue d'être libérée...

Que dire des seuls mois que Marie a effectivement vécus avec sa mère dans le grand appartement réquisitionné de Lyon, sinon qu'ils ont été les plus horribles et les plus violents de toute sa vie ?

Bien sûr, à l'époque de ces visites de sa mère au Bon Pasteur, Marie n'est pas encore capable d'analyser tout ça. Tout ce qu'elle perçoit, c'est un obstacle entre sa mère et elle, un obstacle en forme d'écran de verre qu'aucune des émotions qu'elle a partagées avec sa Mémé Giffon ne traverse... Un voile qui déforme jusqu'au sourire statique de sa mère, jusqu'à sa voix qu'elle ne reconnaît pas. Un écran à travers lequel elle pressent que Marika ne la regarde pas vraiment, qu'elle est là pour autre chose... quelque chose que la petite fille ne comprend pas, mais qui lui fait peur...

Ce qui la terrorise encore plus, c'est que plus les secondes passent, plus elle perçoit qu'elle n'est pas la seule à avoir peur... Car sa mère aussi a peur et Marie comprend déjà que c'est pour ça que Marika ne vient jamais seule... Bientôt, elle comprendra que c'est un regard d'adolescente qu'elle appréhende, Marika... Ce regard qui lira bientôt en elle, et y lira la honte...

Oui, malgré son infernal égoïsme, ce jeu trouble avec elle-même qui a si bien trompé les autres, Marika sait qu'elle ne trompera pas ce regard-là, celui tellement perçant de cette petite fille qui grandit... Quoi qu'elle dise de plus, quoi qu'elle joue encore, Marie y lira bientôt la honte de tout ce que sa mère n'a fait que pour elle-même, de tout ce qu'elle n'a pas fait pour eux, de tout ce qu'elle a ressassé et vécu en prison... Déjà Marika ne peut plus supporter le contact physique d'un homme. Pourtant elle est enceinte de Riquet et elle vit chez lui. Mais malgré ces apparences, c'est avec Yvette qu'elle est en ménage. La nouvelle compagne de Riquet, c'est Marylou... jeu pervers ou imposé de force, c'est compliqué à suivre, et même complètement indéchiffrable pour une gamine d'à peine dix ans...

De fait, Marika va bientôt avoir de nouveau recours à Marie. C'est précisément la raison de ces visites régulières au Bon Pasteur. Simple précaution, vulgaire goutte d'huile dans les rouages, pour qu'il n'y ait aucun problème quand elle viendra chercher sa fille d'ici quelque temps... Tout ce qu'elle sait faire pour l'instant, c'est d'éviter de se retrouver seule avec sa fille, comme derrière un garde-fou, avec l'assurance qu'ainsi Marie ne lui posera pas de question.

Un dimanche matin, pourtant, sa mère et Yvette viendront la chercher pour la journée. En arrivant à destination, Marie éprouvera un vilain malaise en retrouvant Riquet installé dans le séjour... Marie a toujours eu une aversion innée pour ce type épais. Il ne l'a pourtant jamais frappée ni même vraiment grondée. Ce regard fixe et noir devant la maison de sa grand-mère Berthe, dont elle n'avait su se défendre qu'en hurlant sur place, avait suffi à déclencher une haine aussi sourde que définitive... Ce n'était pas que la peur, plutôt un rempart érigé en catastrophe avec les moyens du bord, que la nuit terrible qui avait suivi à Champigny avait consolidé en forteresse inexpugnable...

C'est un monde en désordre, trouble et décadent que Marie découvre en pénétrant dans le séjour de l'appartement en ce dimanche de l'été 1950 du haut de ses dix ans. Mais elle est déjà prête à l'affronter...

Marylou est blottie contre l'épaisse stature de Riquet dans une balancelle de salon. Dans ses bras, un nouveau-né, les yeux clos, se laisse bercer. Le bébé ouvre les yeux, les braque sur Marie et se met aussitôt à s'agiter et à pleurer...

— Je te présente Violette, ta petite sœur...

C'est Marika qui a parlé. Marie se retourne vers elle. Malgré le ton enjoué, le regard de sa mère est froid. Son sourire figé n'exprime rien... Cette Yvette, qui accompagnait sa mère lors de chacune des précédentes visites au parloir du Bon Pasteur et que Marie a prise en grippe au premier regard, a le bras passé autour des épaules de sa mère. Elle fixe, elle aussi, la petite fille sans ciller, mais son regard est plus éloquent... quelque chose comme : « C'est comme ça, ma petite, faudra t'y faire ! »

Marie ne comprend pas, ne répond pas, ne s'approche pas de la balancelle.

La seule chose qu'elle perçoit confusément, faute de le comprendre, c'est que les trois femmes sont sous l'emprise de Riquet. La journée ressemblera à celles de ces quelques étranges dimanches chez sa grand-mère en Normandie, quelques années plus tôt. Ces fiestas factices et arrosées qui ne duraient heureusement qu'un couple d'heures et s'éloignaient bientôt dans le sillage des voitures décapotables et des rires obscènes...

À l'époque, il y avait Michel, son grand frère. Instinctivement, ils se réfugiaient tous les deux dans leur bulle commune à l'écart des miasmes, comme un navire gîtard se tient prudemment à l'écart de la côte, le temps d'un mauvais grain... Mais ce jour-là, chez Riquet et son pool de gagneuses, elle se retrouvera transie et seule dans cette ambiance délétère, face à une étrange aurore... l'aurore d'une vie qu'elle ne voudra même pas imaginer. Elle n'ouvrira pas le bec de la journée, répondra aux très rares questions qu'on lui posera par de vagues hochements de tête ou dénégations tout aussi hostiles. Même Marylou qu'elle aime bien ne parviendra pas à lui arracher le moindre mot. Marie se cabrera d'autant plus en s'enfermant dans son mutisme, qu'elle sentira qu'on attend quelque chose d'elle... Mais elle ne pleurera pas. Elle ne fera rien d'autre que tendre vers l'instant où elle pourrait enfin retrouver sœur Saint-Jean de la Croix et son lit étroit, dans le dortoir du Bon Pasteur...

Marika et Yvette la ramèneront de fait à la Croix-Rousse avant l'heure du repas du soir. C'est Riquet qui conduira et Marie n'ouvrira pas davantage la bouche pendant le trajet. D'ailleurs déjà personne ne s'occupera plus d'elle, et elle n'en respirera que mieux... Arrivée devant le portail du Bon Pasteur, au moment où Marika se penchera vers sa fille pour l'embrasser, la petite fille détournera la tête et se retournera sans un mot avant de courir vers la main tendue de la sœur portière.

De ce jour, Marie refusera systématiquement les parloirs et plus d'un an passera ainsi...

******

14. La fugue

C'est à nouveau une veille de Noël que Marika réapparaîtra au Bon Pasteur, toujours flanquée de la fâcheuse Yvette. Cette maudite fête est décidément la bête noire de Marie.

C'est celui de 1951. Cette fois, Marika n'est pas en visite. Elle est venue récupérer sa fille.

Bien sûr, Marie refuse énergiquement, s'accroche aux jupes de sœur Saint-Jean, les dents serrées, comme trois ans plus tôt à celles de sa Mémé Giffon...

Mais comme cette fois-là, Marika est dans son droit. Elle a librement confié sa fille à l'institution, l'a régulièrement visitée – en tout cas tant que cela a été possible – Riquet a toujours payé la pension sans retard...

Sœur Saint-Jean de la Croix parvient à grand-peine à calmer Marie en lui expliquant qu'elle va pouvoir s'occuper de sa petite sœur Violette, qu'elle ne va pas s'ennuyer, que d'ailleurs elle a son adresse, que ce n'est pas loin et qu'elle viendra la voir chaque fois qu'elle le pourra...

Riquet est là, lui aussi. Il est resté à l'écart près de la voiture, laissant comme d'habitude ses femmes faire le sale boulot. Mais Marie a maintenant parfaitement saisi le fonctionnement du "groupe". Riquet n'est pas simplement "le chauffeur". C'est lui qui est venu la chercher et résister davantage ne servirait à rien pour l'instant...

Sœur Saint-Jean s'est accroupie à côté d'elle pour lui parler presque dans l'oreille et ce que lui a dit la religieuse l'a un peu rassurée. Car Marie la croit... et elle a raison ; la religieuse viendra la voir dès que ce sera possible. Marie l'embrasse et se laisse emmener par les deux femmes vers la voiture. Elle ne pleure pas. Ça non plus ne servirait à rien et, de toute façon, elle n'en a pas envie. C'est d'autre chose qu'elle a envie. Mais il est déjà trop tard pour le dire à sœur Saint-Jean, alors elle ne le dira à personne.

Pendant qu'ils traversent Lyon, Yvette et sa mère n'arrêtent pas de la caresser dans le sens du poil, de lui expliquer quel sera son rôle à la maison... Elle aura juste à s'occuper de sa petite sœur Violette le matin. L'après-midi, elle sera libre de faire ce qu'elle veut, elle aura même le droit d'aller au cinéma dans quelques mois, dès qu'elle aura treize ans. Marie a cru sans retenue la promesse de sœur Saint-Jean de la Croix, mais sa mère, il y a longtemps qu'elle ne croit plus un mot de ce qu'elle dit, sans parler de l'autre harpie !

Riquet, lui, n'a pas dit un mot. Marie non plus, mais dans sa tête elle a tout noté... ce n'est pas une clef qui ouvre la lourde porte en bois d'accès à l'immeuble, mais un bouton électrique ; dans l'escalier, un épais tapis amortit leurs pas. C'est Marika qui ouvre la marche, Marie monte en silence après Yvette et Riquet est juste derrière elle, occupé à jauger son arrière-train en maquignon avisé. Marie le sent tellement fort ce regard, aussi fort que la nausée qui monte... mais Marie ne se retourne pas. Elle rassemble ses forces...

Sur le palier du troisième, Riquet passe devant. Car c'est lui qui a les clefs et qui tourne le verrou, deux fois, lorsque la porte se referme.

Marylou est là, en robe de chambre près de la radio. Elle sourit à Marie, lui demande si elle est heureuse de " rentrer enfin à la maison ".

Marie répond oui. Simplement "oui", à la surprise des trois autres arrivants. Ce n'est pas tant la réponse de Marie qui les a surpris, mais le fait que c'est la première fois que la gamine desserre les dents depuis qu'elle a lâché la main de sœur Saint-Jean... Et, peut-être plus encore, le ton neutre, tellement neutre qu'on peine à croire qu'il émane de la bouche d'une enfant...

Sa petite sœur Violette qui commence tout juste à marcher dort dans une petite pièce éclairée par une veilleuse. Le lit de Marie est là, à côté du lit de bébé. Il est fait. Il y a une chemise de nuit en coton pliée sur l'oreiller. Marie délasse ses chaussures, puis enlève son chandail et sa jupe avant de l'enfiler et de se coucher sans un mot.

Une heure avant l'aube, l'enfant s'agite, commence à couiner. C'est Yvette qui se lève. Le petit lit de Marie est en dehors du halo que diffuse la veilleuse. Après avoir extrait l'enfant de son lit pour essayer de le calmer, Yvette allume le plafonnier...

Marie n'est plus là...

Yvette retourne vers le lit qu'elle partage avec Marika, la secoue fébrilement. Elles font rapidement le tour de l'appartement, en commençant bien sûr par la chambre de Riquet. Mais Riquet et Marylou, enlacés, dorment à poings fermés. Elles remarquent ensuite que la porte d'entrée est entrouverte... refluent vers leur chambre avec la même idée. Mais non, la jupe plissée marine, le chandail gris et les petites chaussures à lacets de Marie sont bien là, sur le fauteuil où Marika les a prudemment déplacés, sa fille à peine couchée...

Marie n'a pas pris la peine de refermer la porte de l'appartement, pas risqué surtout de déclencher le moindre déclic de serrure qui aurait trahi prématurément sa fuite. Trois étages plus bas, dans la pénombre de la cour à peine éclairée, elle n'a pas trouvé le bouton d'ouverture de la porte. À tâtons, elle a décelé la petite tirette en laiton qui actionne directement le pêne de la serrure massive...

Même si elle n'a guère eu l'occasion de s'y promener librement, Marie connaît déjà le centre de Lyon et le quartier de la Croix-Rousse, mais évidemment pas du tout ce quartier périphérique à l'ouest de la Saône. Elle a bien essayé de se repérer lors du trajet en voiture, mais la nuit était tombée entre-temps et elle a surtout eu un problème d'orientation, n'ayant aucune idée de la direction à prendre pour revenir vers ce pont par lequel la voiture de Riquet a traversé la Saône huit heures plus tôt... Reste le haut clocher qu'elle a vu juste après ce pont...

Le jour vient de se lever sur la paroisse d'Écully. Le soir, avant de servir son souper à l'abbé Duroy, sa vieille bonne ferme à double tour le portail de l'église, mais pas celui de la cour du presbytère. L'abbé le lui a interdit. De même, depuis des années l'abbé Duroy l'oblige à dresser deux couverts à sa table à l'heure du souper ; même si, depuis autant d'années, la vieille femme n'a jamais eu à laver ce second couvert avant de rentrer dans la masure qu'elle partage avec son petit-fils au dos du bâtiment.

Elle ne connaît personne d'aussi têtu que l'abbé Duroy, à part petit Paul, son petit-fils justement.

Chaque matin, très tôt, la mère Ducasse réveille petit Paul, même si l'école n'ouvre ses portes qu'à huit heures. Il y a belle lurette qu'elle a appris à petit Paul comment se débrouiller tout seul, c'est même lui qui fait l'aller-retour jusqu'à la boulangerie pendant qu'elle fait sa toilette et enfile ses sempiternelles frusques noires. De son côté, dès le retour de petit Paul, elle fait le tour du bâtiment austère, un pain encore chaud sous le bras, pour aller préparer le café de l'abbé.

Ce matin, quelle n'est pas la surprise de la mère Ducasse, lorsqu'en poussant le portail de la cour du presbytère, elle découvre sous l'auvent la silhouette d'une jeune fille pieds nus, ses membres frêles serrés dans les plis d'une chemise de nuit en coton écru trempée par la pluie qui tombe sans interruption depuis la veille. La mère Ducasse est une bonne chrétienne ; elle croit aux miracles, mais ni aux sortilèges ni aux fantômes... En s'approchant, elle se rend compte que l'apparition n'est pas à proprement parler une jeune fille, même si ce n'est plus vraiment une petite fille. La vieille femme ne parvient pas jusqu'à son regard masqué par les boucles brunes plaquées par la pluie. Pourtant l'attitude de la gamine ne traduit ni la surprise ni la crainte... Elle n'est pas là par hasard. Elle s'est réfugiée là pendant la nuit, contre l'église, derrière la seule porte ouverte... Depuis, elle attend que quelqu'un lui ouvre cette autre porte contre laquelle elle s'est adossée à l'abri de la pluie...

Comme toutes les nuits que dieu a fait depuis que l'abbé Duroy a pris ses quartiers au presbytère d'Écully, sa porte était ouverte. Mais Marie, pour une raison connue d'elle seule, ne l'a simplement pas poussée...

— Qu'est-ce que tu fais là, toi ?

C'est la voix de la vieille femme qui surprend l'abbé. D'habitude, elle se contente de frapper trois coups secs sur le battant et l'abbé descend l'escalier, se préparant à répondre à l'habituel " Bon matin, monsieur l'abbé ! ", d'un non moins traditionnel :

— Bonjour la mère, que le seigneur éclaire notre journée !

Découvrant, Marie, son odeur de chien mouillé et sa dégaine quasi évangélique sur le pas de sa porte, l'abbé ne manifeste aucun geste de surprise.

— J'ai des serviettes propres et une épaisse couverture de laine à l'étage, la mère. Allez vite me chercher une chemise sèche à peu près à la taille de cette jeune personne, ou n'importe quoi qui y ressemble. Si vous n'avez pas ça chez vous, allez frapper à la porte du couvent des Ursulines. Je m'occuperai moi-même du café pour ce matin.

Marie passe les derniers jours de l'année 1951 dans un refuge de l'assistance publique. Comme sa mère seize ans plus tôt, Marie est maintenant considérée comme une fugueuse récidiviste.

C'est cette fois une inspectrice de la protection de l'enfance qui conduit Marie au Bon Pasteur. Ce n'est plus Marika qui lui devra des visites régulières, mais une assistante sociale du S.A.E... Entre-temps, Marie sera soumise au régime strict réservé aux fugueuses récidivistes. Heureusement, c'est à sœur Saint-Jean de la Croix qu'incombe la responsabilité des mesures inhérentes à ce statut. Par ailleurs, c'est maintenant la mère Marie Eudes qui est supérieure de l'institution. Pour Marie, c'est un pis-aller.

******

15. Sœur Saint Jean de la Croix

À l'extérieur, ce sont les derniers mois de restriction. L'économie de la région repart. En quelques années, elle redeviendra prospère. Des années pendant lesquelles Marie suit une scolarité presque normale au sein de l'institution.

Pour une réputée délinquante, elle est même très bien notée par ses professeurs. Sœur Saint-Jean l'orientera bientôt vers l'une des formations que l'institution propose à celles de ses pensionnaires qui ont réussi le brevet élémentaire.

De l'avis de la religieuse, le ressentiment et la rancune sont des péchés comme les autres. C'est le pardon et la miséricorde que le seigneur a prêchés. En outre Violette, la petite sœur de Marie n'a pris aucune part aux vicissitudes de son enfance. Ce sont les arguments de sœur Saint-Jean de la Croix pour inciter sa protégée à reprendre contact avec sa famille...

On est maintenant en novembre 1954 ; Marie vient d'avoir quinze ans. Même si les fêtes de Noël restent de triste mémoire dans l'histoire de Marie, elle accepte pour le prochain de revoir sa petite sœur... Pour décider Marie, sœur Saint-Jean s'est engagée à l'accompagner, tant qu'à venir la rechercher dans la soirée. Le S.A.E, averti de cette initiative, ne s'y oppose pas formellement.

Pourtant, une circonstance inattendue va contrarier le projet... La religieuse juge prudent d'effectuer une visite préalable à Ecully.

Sur place, elle apprend qu'entre-temps, le sieur Riquet qui, d'après ses anciens voisins, semble en fait se prénommer Clovis a déménagé sur Paris avec son aréopage. Sœur Saint-Jean se décourage d'autant moins qu'elle a le soutien de sa supérieure qui a elle-même tenté jadis de remettre Marika sur le droit chemin.

Par l'entremise du S.A.E., le secrétariat de l'institution obtient la nouvelle adresse de Marika. Évidemment, sœur Saint-Jean ne peut plus matériellement accompagner Marie jusqu'à destination, mais elle peut taper dans son maigre pécule pour l'aider à financer son voyage. Alors sœur Saint-Jean a tout organisé : elle emmènera Marie jusqu'au train à la gare de Perrache et une autre religieuse de la congrégation récupérera Marie sur le quai à Paris, gérera la visite à sa famille et la remettra dans le train, gare de Lyon, le lendemain matin.

Contre toute attente, tout se passe sans le moindre accroc ! Ce qui a séduit Marie dans ce projet pour le moins aventureux, ce n'est certes pas la perspective de revoir sa mère... Peut-être, pour une petite part, celle de découvrir cette petite sœur qu'elle n'a que brièvement entrevue, endormie dans son berceau quatre ans plus tôt ; puis en train de babiller dans son parc un an plus tard.

En fait ce qui l'a réellement décidé, c'est l'espoir de réaliser un rêve qu'elle caresse depuis si longtemps... retrouver Michel, son grand frère !

Non seulement Marie n'a plus jamais revu Michel depuis l'affaire de Champigny, il y a déjà huit ans, mais, beaucoup plus inquiétant, personne ne lui a jamais reparlé de son grand frère depuis...

Pas plus cette fois d'ailleurs ! Et du coup, elle n'a pas posé la moindre question. Elle se contente d'espérer, de croire au miracle...

Par le passé, bien sûr, des questions, elle en a posé... à Marika jamais, mais à Mémé Giffon, à sœur Saint-Jean de la Croix, même à Marylou un jour qu'elle accompagnait sa mère au parloir du Bon Pasteur et qu'elle s'était retrouvée seule avec elle un instant. Personne ne lui avait jamais apporté le début d'une réponse...

L'étrange itinéraire de son frère Michel, Marie ne l'apprendra de personne, mais par une lettre providentielle qui arrivera au Bon Pasteur deux ans plus tard, au cours de l'hiver 1957, pendant sa dernière année à l'institution de la Croix-Rousse. Une lettre de la main de Michel qui sera la source d'un immense espoir pour Marie...

******

16. De l'enfer

Michel et Marie se sont parlé pour la dernière fois quelques jours après le siège de Champigny en septembre 1946 dans un bureau du service d'aide à l'enfance de Lyon. Ce n'est d'ailleurs pas tant l'itinéraire de Michel à partir de ce jour-là qui est étrange, mais plutôt le cumul de hasards qui y a présidé...

Il faut faire un saut de plus de dix ans en arrière pour en revenir à l'horreur où de nombreux chemins se sont croisés... revenir à l'hiver 1943, lorsque Pascual, le père de Marie, a été déporté au camp de Mathausen. Comme on l'a vu, la police de Lyon n'avait que quelques recels et autres larcins mineurs à lui reprocher. Il avait par contre le grand tort d'être le mari encombrant de la "chérie" d'un officier de la Gestapo locale.

Un autre énergumène était arrivé peu avant au camp de Mathausen. Un certain Mario. Lui n'avait que le tort d'être manouche ; circonstance certes moins "grave"– tout cynisme mis à part – que celui d'être juif ou résistant, à condition toutefois de ne pas ruer dans les brancards ! Ce que Mario, jeune chef de clan, avait fait bruyamment et dans les grandes largeurs...

Pascual, de son côté, était originaire de Sète. Il n'était devenu un petit malfrat lyonnais qu'après s'être éloigné de sa famille, le clan Zito, une famille de gitans sédentarisée, propriétaire de plusieurs commerces sur le port et le canal de Sète.

Ce n'est donc pas complètement par hasard que Pascual et Mario s'étaient rapprochés sous l'effrayant climat de haine et d'inhumanité qui régnait de l'aube au crépuscule dans la profonde carrière du camp de Mathausen. Ils avaient parlé de tout. Mario, de son enfance sur les routes, de ses nombreux frères et sœurs et bien sûr de son clan ; Pascual de Lyon, de sa femme, de sa petite fille Marie et de son grand frère Michel... Mario connaissait Lyon lui aussi. Il avait quitté sa famille quelques mois pour y vivre avec une drôle de fille qu'il avait rebaptisée Marika. Il ne se souvenait plus de son vrai nom, mais bien sûr ça n'avait aucune importance... Pascal n'ignorait pas que sa femme se faisait toujours appeler Marika dans le milieu lyonnais et il avait proposé Marie-Antoinette... Sans réfléchir, Mario avait innocemment répondu : « Oui, c'est ça, Marie-Antoinette, non mais t'imagines ? »

On ne rigolait pas souvent dans les baraquements du camp de Mathausen. Pourtant cette fois-ci, ces deux-là avaient ri de bon cœur et sans arrière-pensée. Ils avaient comparé les dates et ça collait ; quasiment au mois près ! Michel était plus que probablement le fils de Mario ! En tout cas, ce n'était pas le noir corbeau de leurs tignasses respectives qui risquait d'en faire douter...

D'autres manouches étaient internés au camp et tentaient de se tenir les coudes au-delà des rivalités de clan. Pourtant l'élément fédérateur de l'entraide au fond de cette effrayante carrière dont chaque soir plusieurs hommes ne remontaient pas, c'était Jo Attia, un "bâtard d'Arabe", fils d'un Algérien et d'une repasseuse bretonne. Lui portait sur la manche le triangle rouge des déportés politiques.

Ensemble, Jo, Mario et Pascual avaient survécu au régime de terreur du camp de Mathausen. Quelques mois après leur libération, Pascual, on l'a vu, était parvenu, après avoir rencontré Freddo à Toulouse, à retrouver sa fille Marie et son grand frère. Pourtant, il ne se sentait plus la force d'élever ces deux gamins. Sa petite Marie avait l'air heureuse. Elle lui avait paru en de bonnes mains chez sa mémé Giffon. Michel, lui, allait avoir neuf ans et Pascual avait pensé qu'il était assez grand pour entendre ce qu'il avait à lui dire... à savoir qu'il avait rencontré Mario, son père, en captivité et que Mario souhaitait l'élever au sein de son clan.

******

17. Les Nababs

Ce jour-là, lorsque Marie était arrivée à l'appartement parisien de l'avenue Trudaine pour retrouver sa petite sœur, quelques jours avant les fêtes de Noël 1954, le miracle attendu ne s'était pas produit ; personne ne lui avait parlé de son grand frère... Elle avait découvert sa petite sœur de quatre ans et demi très effacée, n'avait pas su la mettre en confiance, lui demander à elle si elle avait déjà vu leur frère Michel...

Ce qui n'avait pas échappé à Marie, c'est que quelque chose avait changé... Non pas dans les rapports opaques entre ces quatre épouvantails de son enfance ; Marylou était toujours la seule passerelle accessible de cette comète hors sol. Sa petite sœur ressemblait plus à une pièce rapportée sans la moindre influence sur l'assiette de cet étrange rafiot... Pourtant le navire tanguait moins...

Son équipage s'était comme "embourgeoisé".

Cette fois, l'adolescente, qui avait déjà 15 ans, était sortie graduellement de son mutisme. D'abord sans effort particulier auprès de Marylou, puis plus péniblement avec sa mère et finalement même avec Riquet. Yvette se contentait de répercuter sur le ton égrillard du hallebardier de service les sentences les plus maladroites des autres personnages comme dans une pièce de théâtre. Marie se passionnait déjà pour le théâtre classique. Elle avait un maître de choix en sœur Saint-Jean qui n'avait prononcé ses vœux qu'après avoir complété une maîtrise de lettres, avant de se diriger vers les sciences sociales, puis de se spécialiser dans l'histoire contemporaine.

Sortie de table, Marie avait joué longtemps avec sa petite sœur, d'abord réticente, dans la chambre confortable dont celle-ci disposait maintenant. Ce faisant, Marie avait retrouvé au fond d'un coffre regorgeant de jouets neufs, la seule pauvre peluche à laquelle elle s'était attachée toute petite. Entre-temps, les yeux du petit ourson avaient été arrachés, des volutes d'étoupe s'échappaient de son buste éventré et il ne présentait plus au toucher que la consistance fuyante d'une chiffe molle...

Tout ça n'avait pas empêché Marie de suivre de loin les échanges qui se poursuivaient dans le séjour au rythme des bouteilles d'alcool de marque qui se vidaient. Ça, ça n'avait pas changé !

Quand la sœur mariste était revenue chercher Marie vers six heures du soir, l'adolescente avait quitté Violette presque à regret. Elle avait embrassé sa petite sœur affectueusement et les grands yeux de la fillette, complètement éteints à son arrivée le matin, avaient brillé d'un éclat nouveau...

En outre, Marie repartait avec une vision globale de l'état des "affaires" du "groupe Riquet" ; tant intimes que financières... L'équipe vivait en nababs, nouveaux riches de l'après-guerre. Les femmes ne semblaient plus astreintes au labeur quotidien. Leur langage s'était lissé, à l'exception de celui d'Yvette qui ne méritait de toute façon pas la moindre attention. Violette était bien sa demi-sœur, fille de Marika et Riquet, mais seule Marylou paraissait s'intéresser un tant soit peu à l'épanouissement de la fillette. Des conversations qui s'étaient tenues dans le séjour, Marie avait retenu deux noms... D'abord celui d'un certain André Morice, ancien collaborateur à grande échelle devenu ministre, avec qui Riquet avait repris maille, et par l'intervention duquel, à ce que Marie avait compris, Riquet était pressenti pour faire partie du prochain gouvernement radical... Ensuite celui d'un Jo Attia, rebaptisé par la presse le "roi du non-lieu" que Riquet disait avoir côtoyé dans les bataillons disciplinaires en Tunisie avant la guerre.

Le lendemain, pour s'occuper dans ce compartiment de l'express Paris/Lyon où on l'avait installée au milieu de parfaits inconnus, l'adolescente avait noté dans son journal toutes les bribes de conversations dont elle se souvenait, jusqu'aux plus baroques. Il y en avait plusieurs pages. Elle les montrerait peut-être à sœur Saint-Jean. Elle ne savait pas encore...

Sur le quai de la gare de Lyon-Perrache, sœur Saint Jean de la Croix était au rendez-vous. Elle avait été heureuse d'entendre que tout s'était si bien passé, plus encore d'apprendre que Marie était encline à retourner voir sa petite sœur quand l'occasion se représenterait, très intriguée enfin par les propos pour le moins surprenants que Marie avait captés tout en jouant avec sa sœur...

Bien sûr, cela pouvait relever de l'interprétation adolescente d'une conversation entre mégalomanes de comptoirs, voire d'invention pure et simple d'une part ou de l'autre. Toutefois, si sœur Saint-Jean avait depuis longtemps décelé un coefficient intellectuel très au-dessus de la moyenne chez sa jeune protégée, elle n'avait jamais noté une quelconque tendance à la mythomanie. Quoiqu'il en soit l'histoire intriguait la religieuse, mais elle se garda bien de le révéler ce soir-là, tant Marie semblait aussi heureuse qu'impatiente de lui conter chaque détail de cette toute première escapade en solo !

******

18. Enquête discrète

Sœur Saint-Jean de la Croix n'était pas une stakhanoviste de la prière, plutôt une inconditionnelle de la retraite spirituelle. Ce que sa supérieure, qui était aussi sa directrice de conscience, n'ignorait pas. Elle lui accorda sans difficulté une permission pour se rendre à la bibliothèque universitaire le jour suivant.

Le premier élément que nota la religieuse, c'est qu'un certain Jo Attia défrayait en effet régulièrement la chronique depuis plusieurs mois... Baptisé Brahim, Victor, Joseph Attia à sa naissance, le jeune délinquant devint simplement "le grand Jo" — ou même juste "le grand" — quand, des années plus tard, aux Bat' d'af, il devint le "frérot" de Pierre Loutrel, dit "Pierrot le fou" dans la presse, et "le Barjo" ou "Pierrot la valise" dans le milieu.

Depuis le "procès de la bande à Pierrot" qui s'était achevé en décembre 1949, Attia avait en effet été régulièrement acquitté dans d'autres affaires auxquelles il avait participé depuis sa libération du camp de Mathausen.

Outre ceux de Pascual et de Mario, beaucoup de chemins s'étaient croisés dans l'enfer de Mathausen... Robert Lecourt et Edmond Michelet, l'actuel et le futur garde des Sceaux. Le colonel De Froment, fondateur du "réseau Combat". Peter Winterstein, futur directeur de la banque d'Autriche. Yves de la Barre de Nanteuil, benjamin d'une des plus anciennes familles de la noblesse française. Jean Lafitte, Albert Morillon, figures de la résistance communiste. Le révérend père Riquier, aumônier des armées. Et bien d'autres...

Toutes ces personnalités, anciens compagnons de déportation du "grand Jo" à Mathausen, seront citées à comparaître par maître Carboni, défenseur de Jo Attia dans le procès de la retentissante affaire

Meunier*[3]. Toutes se présenteront en personne à la barre, à l'exception d'Edmond Michelet, Garde des Sceaux du moment, dont maître Carboni lira la lettre à l'audience.

Robert Lecourt, futur ministre de la Justice, déclarera : « Pendant la marche de la mort de Mathausen, Jo m'a porté sur ses épaules pendant plusieurs kilomètres, alors qu'il était lui-même au bord de l'épuisement. Ses qualités humaines sont exceptionnelles. »

Le père Riquier, aumônier des armées, viendra témoigner pour les disparus que Jo a aidés dans des circonstances similaires. Venu spécialement d'Autriche, Peter Winterstein se présentera comme directeur de la banque d'Autriche : « je salue Jo devant tous. Je suis fier d'être son ami. Je vous prie, Monsieur le Président, en citoyen respectueux des

---

[3]   * Le 21 Juin 1946, après que madame Meunier et sa femme de chambre aient été ligotées dans une villa luxueuse de Louveciennes appartenant à Louis Meunier, un collaborateur notoire, l'endroit avait été vidé de plusieurs centaines de millions en espèces, bijoux et titres, sans oublier les caisses de champagne et de vins fins dont étaient emplies les caves...

lois et de la justice française, de m'autoriser à donner l'accolade à mon ami. »

C'est le témoignage posthume du père Adam, mort quelques semaines avant la libération du camp, qui sera lu en dernier : « Sans doute Jo est-il un voleur... je dirais même le roi des voleurs, mais je ne l'ai vu voler que pour ceux qui ont faim, ceux qui vont mourir... Et cela, il le fait de façon complètement désintéressée et au péril de sa vie ! Voleur, certes, mais voleur de SS et d'autres qui ne valent guère plus cher... »

Découragé par ce défilé imprévu, l'avocat général Lindon, pourtant redoutable tombeur de têtes et épurateur insatiable, avait renoncé à requérir et s'en tint à une simple boutade :

« Puisque Noël approche et qu'on se prépare à offrir des jouets aux enfants qui l'ont mérité, pourquoi ne pas accorder la liberté à monsieur Attia ? »

Bien sûr, d'aucuns pourraient s'étonner de croiser une bonne sœur concentrée sur une pile de journaux à une table de bibliothèque... D'autant que les recherches de sœur Saint-Jean ne s'étaient pas arrêtées là, mais s'étaient au contraire transportées aux archives du "Progrès de Lyon". À condition de présenter à l'entrée une carte universitaire de chercheuse en histoire – même périmée de plusieurs années – ça ne posait en tout cas aucun problème aux bibliothécaires et autres archivistes...

Quant au nom d'André Morice qu'avait également entendu Marie, certes il n'était inconnu de personne. Mais dans les strates inférieures du clergé lyonnais, tout autant que dans celles des piliers de comptoirs à bouchons, il n'évoquait rien de plus qu'un de ces collaborateurs repentis – en tout cas opportunément blanchis – qui naviguaient de secrétariats d'État en sous-ministères au gré des gouvernements interchangeables qui se succédaient à vive allure depuis la libération. C'était pourtant suffisant pour aiguiller la curiosité d'une doctorante en histoire, fût-elle rangée des voitures.

Suffisant, en tout cas, pour lui indiquer que Marie n'avait pas pu balancer ce nom au hasard, mais l'avait bel et bien relevé dans une conversation entre adultes avertis des arcanes du pouvoir en place...

Il n'avait donc fallu que deux jours à sœur Saint-Jean, en cette fin d'année 1954, pour satisfaire entièrement sa curiosité...

André Morice avait été interné en Allemagne à la fin de l'année 1943. Ce n'était donc pas directement lui, mais l'entreprise qu'il dirigeait et présidait depuis quinze ans qui avait largement collaboré avec les Allemands. D'abord à l'aménagement d'aéroports pour les besoins de la Luftwaffe ; plus tard à la construction de la partie méridionale du mur de l'Atlantique en soutien à "l'organisation Todt". Tout cela justement dès 1943, mais principalement en 1944.

En tant que P.D.G. historique de la société, André Morice avait pourtant été condamné à une très lourde amende en première instance, l'affaire traînait en appel depuis plusieurs années. Cela n'avait pas empêché le bonhomme de devenir député-maire puis président du parti radical dès la première législature d'après-guerre... Dans la seconde, il avait même écopé de plusieurs marocains ! Depuis celui des Transports jusqu'à l'éducation nationale en passant par le ministère de la Jeunesse et des Sports puis celui de la Marine marchande. Les deux éphémères gouvernements socialistes suivants avaient préféré l'écarter des affaires, mais il venait de retrouver le portefeuille de l'Industrie et du Commerce dans le nouveau gouvernement radical d'Edgar Faure. Comme la quasi-totalité des députés radicaux, André était frère de la grande loge de France, circonstance qui garantissait que son dossier judiciaire resterait gelé de longues années encore et expliquait sans doute le poids de son nouveau portefeuille. En cette fin d'année 1954, un remaniement était déjà en cours et c'était en effet un certain Clovis Greneau, " homme d'affaires lyonnais " qui était pressenti pour le poste de secrétaire d'État aux transports.

Riquet était donc bien le sobriquet de ce Clovis à l'avenir prometteur dont sœur Saint-Jean avait appris le prénom très royal lors de son déplacement à Ecully quelques mois plus tôt...

******

19. Le casse de Billancourt

Ce n'est qu'à la fin du printemps suivant, celui de 1955, qu'une nouvelle occasion se présenta. Sœur Saint-Jean devait accompagner à Paris une enfant confiée à la garde de la congrégation. Ça tombait cette fois en semaine, un jeudi. Marie téléphona quelques jours avant. C'est Marylou qui décrocha. Elle confirma que le jeudi matin tout le monde serait là, en particulier Violette qui n'avait pas école ce jour-là.

C'est donc par un très beau jeudi du mois de juin 1955 que sœur Saint-Jean et Marie étaient descendues du train de nuit sur un quai de la gare de Lyon. Elles accompagnèrent l'enfant confiée à la religieuse au couvent de Vincennes avant de reprendre le métro. L'heure de pointe était passée. L'avenue Trudaine était toute proche de la station Anvers et sœur Saint-Jean emmena sa protégée jusqu'au pied de l'immeuble. Elle attendit encore quelques minutes au cas où Marie trouverait la porte-clause malgré les précautions prises. Il était convenu qu'elle reviendrait chercher Marie vers seize heures. Mais cette fois, elle monterait jusqu'à l'appartement. Sœur Saint-Jean de la Croix était d'une nature curieuse. On l'a déjà vu...

Pendant ces quelques minutes d'attente, c'est précisément ce très véniel péché de curiosité qui la tourmenta... Après tout, elle n'était qu'à cinq stations de métro de la bibliothèque nationale, rue de Richelieu... Le fameux remaniement ministériel avait bien pris place fin janvier, quelques semaines seulement après le casse retentissant des usines Renault, et la vérification dans la salle dédiée aux périodiques de la bibliothèque nationale ne lui prendrait que quelques minutes...

Au troisième étage de l'avenue Trudaine, la porte s'était ouverte au premier coup de sonnette.

C'est Yvette qui avait ouvert, mais Marika était bien là. Elle paraissait heureuse de voir sa fille et l'embrassa plus affectueusement qu'à l'accoutumée. Violette était là, elle aussi, et elle courut vers sa sœur en riant. Marie bavarda avec sa mère un bon moment avec une facilité inhabituelle, inattendue même pour l'adolescente. Quelque chose avait changé. Marie ne savait pas encore quoi...

Riquet et Marylou n'étaient pas là. Quant à Yvette, Marie n'avait jamais ressenti la moindre sympathie pour elle et elle fut presque soulagée quand celle-ci déclara qu'elle devait sortir un moment. Marika alla préparer des jus de fruits dans la cuisine et quand elle revint, avec dans l'autre main un paquet de caramels, Marie était déjà étendue sur le tapis de la chambre avec sa petite sœur sur les genoux. Marika s'accroupit elle aussi et joua un temps avec ses deux filles. Décidément, quelque chose se passait... ou s'était passé ? Il vint à l'esprit de Marie de profiter de ce climat inexplicablement propice pour interroger Marika sur son frère Michel. Pourtant, alors qu'elle cherchait encore ses mots, quelque chose de tout aussi inexplicable la retint... Sans doute justement, le côté tout à fait inexplicable de tout ça...

De fait, la perspicacité de l'adolescente ne fut pas longtemps tenue en échec. Une heure plus tard au cours du déjeuner, Marie comprit que sa mère n'avait pas abandonné l'idée de la "récupérer" pour s'occuper de Violette. Bien sûr, il n'en était pas question et Marie en avait exposé posément les raisons... Elle avait la chance de pouvoir commencer ses études d'assistante sociale à Lyon dès la rentrée prochaine et son choix était fait. La présence d'Yvette et de Marylou, rentrées entre-temps, ne l'avait pas intimidée.

Celui qui manquait à table ce jour-là c'était Riquet... Depuis son arrivée le matin, Marie s'était bien gardée de poser la moindre question sur le personnage que, pour sa part, elle était fort aise de ne pas croiser cette fois. Pourtant on s'était presque empressé de lui signaler que Riquet s'était absenté quelques jours "pour affaires".

Marie n'avait cependant pas tardé à apprendre

de la bouche innocente de Violette que son papa était parti depuis beaucoup plus longtemps. Bien sûr, la fillette ne savait pas encore bien mesurer le temps qui passait ; mais d'après ce que Marie comprenait, il ne s'agissait en tout cas nullement d'une question de jours...

Marika à son tour était sortie faire quelques courses pour le déjeuner, laissant les deux sœurs seules un moment.

Outre le mensonge manifeste sur l'absence de Riquet, d'autres choses commençaient à intriguer Marie... L'attitude nouvelle de sa mère à son égard, mais aussi les mouvements successifs des trois femmes dans l'appartement. Elle comprit bientôt au fil du bavardage de sa petite sœur qu'elle était souvent seule le soir avec Marylou quand sa mère et Yvette sortaient pour "aller au bois", comme répétait la fillette en toute innocence...

Marie, elle, savait d'autant mieux de quoi il s'agissait que cela faisait déjà plusieurs années que la perspective de tomber à son tour sous l'emprise de Riquet la terrorisait... Si elle s'était enfuie de l'appartement d'Ecully presque quatre ans plus tôt quand sa mère l'y avait quasiment ramenée de force, c'est parce que cette terreur la paralysait. Pourtant, elle avait trouvé le courage de fuir à toutes jambes dans la nuit, sous la pluie en chemise de nuit... La force du désespoir, peut-être... Elle avait déjà intégré que Riquet ne laissait pas le choix aux femmes qui étaient sous sa coupe et qu'elle ne l'aurait pas non plus si elle restait un seul jour de plus à sa portée. À l'exception de l'intermède magique chez Mémé Giffon, ne côtoyait-elle pas cette misère depuis le berceau ?

Les deux sœurs n'étaient restées seules qu'une petite demi-heure, mais Marie l'avait mise à profit pour fureter dans chacune des deux autres chambres. Elle avait commencé par le dessus des armoires, car elle avait souvent surpris sa Mémé Giffon en train d'y cacher ses papiers ! Mais c'est dans le petit tiroir d'un guéridon, dans la chambre de sa mère, qu'elle avait trouvé une liasse d'articles de presse découpés, tous datés de l'année en cours... Ils évoquaient la même histoire et expliquaient que Riquet ait brusquement disparu du paysage... Marie les avait tous parcourus, mais n'en avait glissé qu'un dans la poche de sa blouse... Il était signé par un gendarme défroqué du nom de Pierre Saindrichain...

C'est la curiosité qui l'avait finalement emporté... Rue de Richelieu, sœur Saint-Jean de la Croix avait trouvé sans peine le détail du gouvernement en place depuis quelques mois. Comme attendu, il était bien présidé par le radical Edgar Faure et comme prévu, le président du parti, André Morice, y figurait en bonne place à l'industrie et au commerce. Par contre, Clovis Greneau, identité complète du sieur Riquet, comme l'avait révélé sa précédente recherche, était absent des tablettes. Le secrétariat d'État aux transports avait été confié à un certain Paul Antier... Qui avait menti ? Ou peut-être simplement rêvé ?

La religieuse avait sonné à la porte de

l'appartement de l'avenue Trudaine peu après 16 heures, comme convenu avec Marie. Peut-être trouverait-elle là quelque début d'explication à la question en suspens...

Elle fut saluée avec timidité par la petite Violette et avec tout le respect dû à son état par les trois femmes que Marie lui avait déjà décrites et dont le "milieu professionnel" ne laissait en effet guère de doute. Mais Riquet, dont une part secrète de cette bonne sœur hors normes espérait découvrir enfin les traits, n'était pas là.

Il fallait maintenant ramener Marie à Vincennes où elles passeraient la nuit, avant de reprendre l'express pour Lyon le lendemain.

À cette heure, il y avait des places libres dans la rame de métro et Marie avait sorti de sa poche sa trouvaille...

Pour incroyable que fût le fait divers que décrivait l'article, il n'en expliquait pas moins la disparition de Riquet de son domicile d'une part, de la composition du nouveau gouvernement Faure d'autre part...

Riquet était sous les verrous. L'article ne relatait rien de moins qu'un des casses les plus audacieux et minutieusement élaborés du siècle. ; celui des usines Renault à Boulogne Billancourt, fin 1954. En France, il faudrait attendre vingt ans et le gang des égoutiers de Nice pour faire mieux. Comme les Niçois, les malfrats avaient choisi la trêve des confiseurs, entre les deux réveillons ! Soit quelques jours seulement après que Marie ait croisé pour la dernière fois Riquet, ce jour de Noël 1954.

Seuls Riquet et d'autres complices mineurs avaient été chopés. Boucheseiche, qui avait été relâché quelques semaines plus tôt, et un autre braqueur qui avait été blessé au cours de l'opération s'en étaient tiré, s'évanouissant avec un butin considérable. D'après la presse de l'époque, le cerveau de l'affaire ne pouvait être que Pierre Loutrel, pourtant présumé mort depuis quatre ans... Mais la légende a la vie dure et l'âme de Pierrot avait plané sur l'enquête tant le coup était gonflé autant que minutieusement préparé ; les deux constantes du palmarès de Pierrot !

Certes, il y avait eu un grain de sable. Un vigile avait eu l'idée saugrenue de sortir son arme et était mort de ses blessures. Dans la foulée, une partie de la bande était tombée, mais ça arrive aux meilleurs. Du coup, une certaine presse n'avait pu s'empêcher d'attribuer à Pierrot ce dernier fait d'armes. Quitte à contester sans ambages le jugement supplétif d'un tribunal de canton qui avait enterré un peu vite Pierrot sur un îlot de la Seine opportunément disparu depuis...

Sœur Saint-Jean, loin de regretter son incartade aux règles de son ordre, était très émoustillée. Bien sûr, elle ne pourrait partager cet état passager avec personne ; à l'exception de Marie, toutefois. Quant au Seigneur, elle n'avait aucune raison de croire qu'il fût aussi intransigeant que sa propre hiérarchie, ni aussi obtus que le dogme sur ces questions proprement passionnantes d'anthropologie du mythe.

L'article qu'elle avait sous les yeux était plus récent. Il datait du printemps. Il revenait sur l'affaire à l'occasion de l'ouverture du procès devant la cour d'assises. Le ministère public venait de demander des peines lourdes, dont quinze ans contre Riquet et vingt contre Boucheseiche qui avait été reconnu, mais était resté introuvable. Son portrait anthropométrique n'en figurait pas moins en tête de l'article qui précisait qu'un autre complice était parvenu à s'échapper, mais avait été blessé au cours de la fuite et semblait avoir perdu beaucoup de sang. La police pensait que ce dernier était probablement mort de ses blessures. Son corps était cependant resté tout aussi introuvable... Les analyses des traces de sang retrouvées en diraient peut-être davantage, mais en attendant, le mystère restait entier...

Telle une ombre chinoise, Pierrot restait aussi invisible qu'omniprésent dans l'esprit du public ; la justice quant à elle s'en tenait au jugement supplétif de 1951, pourtant largement mis en doute par la presse spécialisée.

******

20. La grange

Pour Marie, l'élément principal de l'affaire, c'est qu'elle ne reverrait pas Riquet d'ici un bail ; qu'il ne pourrait plus exploiter sa mère et ses copines ni inquiéter Violette quand elle grandirait... Sa propre vie du coup allait peut-être changer. Mais au fond, elle n'y tient pas tellement ; elle est bien où elle est. D'ici deux ans, elle sera autonome, diplômée, et n'aura plus besoin de personne...

Pour Marika, c'est tout autre chose... Comme si les faits avaient parlé, que les cartes avaient été redistribuées... Ce n'est pas par fétichisme qu'elle a découpé toutes ces coupures de presse. C'est parce qu'elles éclairent son passé d'une lumière nouvelle qu'elle le voit soudain sous un jour différent, ce passé avec Riquet...

Quatre ans plus tôt, en 1951, comme le bon peuple, elle a cru à la fable de l'enterrement furtif de Pierrot par ses complices sur un îlot hypothétique. Pourtant, le lendemain du casse de Billancourt, un étrange coup de téléphone à l'appartement où elle se terrait avec Marylou depuis la veille l'a brusquement ramené à Pierrot ! Une voix lui demandait d'aller chercher le grand Jo dans une grange du Perche en basse Normandie... Et cette grange, incroyablement, c'est celle où elle est née, elle, Marika, trente-cinq ans plus tôt...

Bien sûr, le grand Jo, Marika le connaît comme tous les autres fadas du gang. La dernière fois qu'elle les a vus tous ensemble, c'était à Champigny, il y a déjà huit ans. Elle n'a pas à rougir de les avoir tous "fréquentés" au cours de multiples soirées de bringue. Ce n'est pas Riquet qui pourrait le lui reprocher. C'était pour ses beaux yeux qu'elle en était à chaque fois ! Au départ, en tout cas...

Mais ça ne pouvait pas être la voix de Riquet au téléphone. Cette voix, elle en aurait juré, c'était celle de Pierrot... Non qu'elle l'ait formellement reconnue, c'était plutôt une intuition, une circonstance particulière qui l'avait ramenée des années en arrière... Du coup, elle avait cherché dans sa mémoire...

Tout ce qu'elle savait de cette grange, on le lui avait raconté... C'est le tripier du village, le père Bouchard qui avait accouché sa mère dans cette grange qu'elle n'avait revue qu'une fois par la suite... Et ce jour-là, Pierrot était là ! C'était un de ces dimanches où elle était venue voir ses enfants chez leur grand-mère Berthe. Mais cette fois-là, il n'y avait que Riquet, Marylou et ce type qu'elle ne connaissait pas, au regard tellement sombre et lointain. C'est lui qui avait voulu faire un tour à pied dans la forêt. Et Berthe, sa mère, les avait tous emmenés jusqu'à cette grange pour montrer à ses petits-enfants où Marika était née...

Ce n'était pas très loin, un petit kilomètre à travers champs, comme une promenade apéritive... Pourtant, cette grange, hormis les gens du village, personne ne la connaissait, aucune route n'y menait... Puisque Riquet avait été interpellé à Billancourt, la seule personne qui avait pu conduire Jo lourdement blessé, jusque-là, c'était forcément

Pierrot ou Marylou... Or avec Marylou, elles s'étaient terrées toute la journée dans l'appartement en écoutant les nouvelles à la radio. Ce n'est que tard dans la nuit que le téléphone avait sonné avenue Trudaine...

L'échange avait été très court. Marika avait compris que son interlocuteur voulait rester prudent, qu'il craignait sans doute que le domicile de Riquet soit déjà sur écoute... Elle avait suivi à la lettre les instructions reçues. Elle était aussitôt sortie sur l'avenue à la recherche de la première cabine publique libre et avait rappelé le numéro indiqué. C'était la même voix, et cette voix réveillait en elle un fantasme mis au placard depuis longtemps. Celui de la fuite imaginaire, jubilatoire avec Pierrot, huit ans plus tôt.

Pour l'heure, elle devait aller seule et au plus vite à Mortagne par le train. Là-bas, une voiture l'attendrait à la gare. Si elle ne voyait personne devant la gare à son arrivée, c'est que la police la suivait. Elle devrait néanmoins se rendre jusqu'à la ferme de sa mère en autocar comme si de rien n'était et attendre. Entre-temps, elle ne devait parler à personne et ne plus rappeler ce numéro...

En route, Marika s'était mise à rêver... que Pierrot était toujours vivant, que c'était bien à lui qu'elle avait parlé au téléphone, qu'elle le retrouverait bientôt...

Pour le reste, tout s'était passé comme prévu, sans la moindre anicroche. Deux types l'attendaient devant la gare de Mortagne avec une fourgonnette. L'un d'eux était toubib. Elle les avait conduits jusqu'à la grange avant de rentrer à pied chez sa mère.

Depuis, Marika n'avait eu aucune nouvelle. Les semaines passant, elle s'était remise à caresser ce fantasme oublié. À Champigny, elle n'a vécu qu'un court moment au côté de Pierrot, un épisode de stress absolu sans véritable durée, un instant en fait... le temps d'appuyer fermement une compresse de fortune sur la hanche ensanglantée de Pierrot dans l'obscurité de la cave... Pourtant l'instant d'après, Pierrot les tirait hors du puits, la reconnaissait, les emmenait dans sa fuite...

Mais ce n'est qu'un fantasme qui la sort de son quotidien au bois de Boulogne où elles ont bien été obligées de reprendre du service toutes les trois pour maintenir leur train de vie depuis la "défection" de Riquet.

L'implication de Riquet dans ce braquage, c'était en quelque sorte l'autre volet, tout aussi surprenant pour Marika que le premier... Il l'incitait quelque part à réviser son jugement sur le bonhomme...

L'histoire du grand Jo et de Pierrot, Marika la connaissait. Ces deux-là étaient unis par une amitié indéfectible. On disait qu'ils étaient « frères de sang ». Nés en 1916, à quelques mois d'intervalle, dans la même région et tous deux dans un milieu paysan où ils n'avaient pas fait de vieux os, c'est à Doum Tataouine, dans les Bat'd'af', à la fin des années trente, qu'ils se sont rencontrés — ou plutôt retrouvés dans la même galère — avec quelques autres, dont Riquet justement...

Mais entre ces deux-là, elle le sait, c'est devenu "à la vie, à la mort". Ce qui est nouveau pour elle, c'est cette proximité de Riquet avec Pierrot. Car ce qui est de notoriété publique, c'est que Pierrot et Jo n'ont jamais accepté de "bras cassé" dans leur équipe... Pour monter sur un coup avec eux, il fallait d'abord gagner leur respect...

Certes, à son retour des Bat'd'af' en 1941, Riquet est devenu le souteneur cupide qu'elle a connu à vingt ans. Mais les liens tissés à Tataouine avec Pierrot et Jo sont apparemment restés vivaces, la confiance aussi sans doute... Quand Riquet sortira... il la conduira à Pierrot...

En toute logique, on pourrait donc encore espérer que suivre les pas de Marika mènera au bout du compte jusqu'à ce fauteuil où Pierrot, ému, essuiera sa dernière larme en regardant descendre en terre le cercueil du grand Charles devant le petit écran d'une loge de concierge du XVIII° arrondissement, un jour d'automne 1970... Mais non, c'est toujours ce même fantasme... Marika ne reverra jamais Pierrot. Elle se contentera d'en rêver pour sortir de sa grisaille... C'est la course de Marie à travers ses cauchemars qui parviendra jusqu'à Pierrot... celle d'une petite fille à la recherche du grand frère qui a partagé la misère de son enfance...

Marie, elle, ne poursuit pas de chimère ; elle ne cherche qu'à exorciser l'horreur... Les méandres sont sinueux, le labyrinthe infernal, mais pour toutes les deux – mère et fille – la ligne de départ est la même... C'est la même fuite éperdue, la même course dans la nuit effrayante d'un couloir souterrain semé d'embûches invisibles. Les cris de Marika se blessant sur les parois du tunnel, les yeux fous de cet homme en fuite, fixés sur la blessure que sa mère est en train de compresser mala-droitement, les cris aigus d'autres femmes prises au piège.

Marie a croisé le regard de Pierrot ce soir-là, à la fois traqué, furieux, et comme indestructible, autant dire définitivement ineffaçable, cœur du cauchemar qu'elle fait encore quelquefois main-tenant qu'elle n'est plus une petite fille... Quand ce n'est pas le regard paralysant de l'autre, celui de l'officier allemand tirant à bout portant sur une petite fille qui lui ressemblait tant, devant le bar de Freddo...

Dans la cave de Champigny-sur-Marne, Marie n'a pas reconnu l'homme croisé quelques semaines plus tôt au cours de l'été, lors de cette promenade presque heureuse à travers champs jusqu'à la grange, derrière Michel et sa grand-mère. Cette fois-là, le sourire qui éclairait le visage de l'homme était bienveillant, gai, presque charmeur. Son regard qui semblait s'amuser des simagrées de Michel et des siennes n'avait rien de l'éclat inquiétant et féroce qui perce régulièrement le rêve qu'elle a fait tant de fois depuis...

Non, le chemin sera plus compliqué.

******

21. Première lettre de Michel

Septembre 1956. La première année d'étude de Marie a été validée. Elle aura dix-sept ans le mois prochain. Elle a passé l'été dans un centre de colonie de vacances géré par le Bon Pasteur comme monitrice stagiaire. Le centre est en Isère, la "solde" n'est pas très conséquente, mais ce petit pécule va lui rendre la suite un peu plus facile.

À la rentrée d'octobre, en effet, si elle aura toujours un lit et un petit bureau d'écolière dans le dortoir des grandes au Bon Pasteur, la plupart des cours et des stages qu'elle aura à suivre seront maintenant à l'extérieur. Bref, elle va découvrir la vie d'une jeune fille lambda ou presque...

Un soir de l'hiver suivant, celui de 1957, où elle a presque couru pour rentrer à l'institution à temps pour le repas du soir, elle s'assied directement au réfectoire. Il fait très froid à Lyon cette semaine-là et elle n'a avalé qu'un sandwich sur le pouce entre deux cours à midi. Elle a très faim et se ressert deux fois de la soupe. Rassasiée, elle se joint à la conversation qui va bon train comme chaque soir. Elle n'est pas la seule dans le dortoir des grandes à suivre une formation à l'extérieur. Du coup, chacune a tellement de choses à raconter ! Rien que de très prévisible, bien sûr ! C'est pourtant une nouvelle tout à fait inhabituelle qui guette Marie ce soir-là...

Paula, sa voisine de dortoir lui signale qu'une "lettre timbrée" l'attend en haut sur le petit bureau qui sépare leurs deux lits. Si Paula s'est fendue de cette singulière précision, c'est que toutes deux sont accoutumées à trouver à leur place respective des notes de la responsable de l'internat ou de la direction des études glissées dans des petites enveloppes bistres caractéristiques. Une lettre timbrée, ça veut dire une "lettre de l'extérieur" ! Comme Paula n'est pas moins curieuse que la moyenne des filles de leur âge, elle a même examiné le tampon... le courrier vient de Nice...

Marie a le plus grand mal à tenir en place jusqu'au dessert... Elle se lève rapidement de table sous l'œil attentif de Paula, mais dans l'escalier, elle ralentit à presque s'arrêter. Qui a bien pu lui écrire ? De Nice en plus, où elle n'a jamais mis les pieds et où elle ne connaît strictement personne. La joie ressentie un moment plus tôt s'est mue au fil des marches en une vague inquiétude. Il lui faut presque se raisonner pour franchir les derniers pas jusqu'à sa place. Elle se doute bien que Paula, curieuse comme elle est, ne doit pas être loin derrière elle...

L'enveloppe est blanche, du format habituel. Elle la retourne, déchiffre l'adresse inconnue au dos, pousse un cri !

C'est Michel ! Son frère Michel dont elle n'a pas eu la moindre nouvelle depuis dix ans...

Elle devient fébrile, cherche des yeux sur son petit bureau de quoi ouvrir l'enveloppe. Elle ne veut surtout pas la déchirer.

La lettre est assez longue, d'une écriture inégale d'écolier... Michel va bien. Il a retrouvé son père,

Mario, à Nice, il y a déjà plusieurs années. Ils tiennent ensemble une piste d'auto tamponneuse dans une fête foraine qui se déplace le long de la côte entre Fréjus et Juan les pins.

Marie a les larmes aux yeux. Toute remuée, elle compte sur ses doigts comme la petite fille qu'elle était à l'époque... Michel doit avoir vingt ans maintenant !

Michel dit qu'il est heureux, qu'il va avoir un enfant. Si c'est un fils, il s'appellera Philippe. C'est même pour ça qu'il a de nouveau cherché l'adresse de sa petite sœur, pour lui annoncer la nouvelle ! Plusieurs fois, par le passé, il a pensé à lui écrire. Mais il n'a jamais trouvé l'adresse de leur mère, Marika. Encore moins la sienne... La naissance prochaine l'a remotivé, mais ne sachant pas davantage où ni comment chercher, il a fini par en parler à son vieux qui connaît beaucoup de gens ; malheureusement uniquement dans le monde manouche. Chaque printemps, le clan se déplace en Camargue pour la fête des Saintes-Maries. Là-bas, chacun le salue. Mais les gadjos, il s'y mêle pas,

Mario. Pour lui, c'est juste une réserve de clients.

Un beau matin cependant, lui raconte Michel, alors qu'Estella, sa femme, était déjà enceinte de six mois, le père était venu boire le café dans leur caravane. Une idée lui était venue pendant la nuit. Ça faisait pourtant une bonne semaine que Michel lui avait parlé de sa petite sœur Marie, de la meilleure façon d'essayer de retrouver sa trace...

Mais c'est ce matin-là que le père était venu leur conter une vieille histoire... À l'âge qu'avait son fils aujourd'hui, Mario était passé par Lyon. Il tenait déjà un stand sur un marché forain. Un matin, alors qu'ils étaient encore en train de monter le stand avec ses frères et sœurs, une drôle de fille était venue s'abriter sous leur bâche. Elle avait manifestement passé la nuit dans la rue, avait l'air un peu paumé, les cheveux coupés à la diable, mais c'est son regard à la fois déluré et provoquant qui la sortait de l'ordinaire. Le père avait abrégé son récit pour en arriver plus vite au point qui répondrait peut-être à la question de son fils...

Mario avait quitté la famille pour un temps et vécu quelques mois avec cette sauvageonne ; c'était la saison des vendanges, ils s'étaient débrouillés... Cette fille qui s'était enfuie la veille de l'institution religieuse où elle avait été placée, c'était la mère de Michel. Elle s'appelait Marie-Antoinette, mais le père l'avait illico rebaptisée Marika, et l'institution d'où elle avait fugué s'appelait le Bon Pasteur...

L'idée du père, c'était d'aider son fils à retrouver l'adresse de l'institution à Lyon, si elle existait toujours. Ce serait alors à Michel de sortir sa plus belle plume pour s'adresser à la direction de l'établissement en expliquant qu'il était à la recherche de sa mère et de sa sœur dont il avait perdu la trace à la libération – par exemple – et que la seule piste qu'il avait trouvée était un ancien bulletin de notes de sa mère émanant du Bon Pasteur.

Une réponse était arrivée au camp beaucoup plus rapidement que ne l'avaient espéré les deux forains... La dernière adresse de Marie-Antoinette présente dans les archives était à Lyon. Elle remontait à l'année 1949, à l'époque où Marie-Antoinette avait régulièrement visité sa fille après l'avoir confiée à la congrégation. Marie, par contre, était toujours pensionnaire de l'établissement. On pouvait donc lui écrire à son nom à la présente adresse.

Et maintenant la lettre est là, dans les mains de Marie et elle pleure comme une Madeleine. À tel point que Paula, sa voisine de dortoir, venue aux nouvelles entre-temps, n'ose pas lui poser la moindre question.

Marie essaye d'imaginer les roulottes, la piste d'autos tamponneuses, le nouveau visage de son frère, celui de Mario, ce vieux gitan qu'elle n'a jamais vu, celui d'Estella qui est probablement une fille du clan, celui de ce petit Philippe qui est né entre-temps. C'est à elle d'aller là-bas, sur cette Côte d'Azur dont elle a entendu parler tant de fois, découvert cent descriptions différentes à travers ses lectures. L'endroit dont elle a le plus souvent rêvé au fil de ces pages éparses, c'est Monte-Carlo, son fameux casino... Mais d'un seul coup d'un seul, c'est le camp des gitans se déplaçant au gré des saisons qui en devient le pôle central !

On n'est encore qu'à la fin du mois de janvier 1957. Pour Pâques, il y aura une semaine d'interruption dans ses cours. Plus qu'à espérer qu'elle ne sera pas d'astreinte... Et même si... elle pourra profiter du long week-end. Bref, dans sa tête, alors que la lettre de Michel n'est plus qu'un gribouillis illisible à travers le rideau de larmes, elle en est déjà à régler les détails de son voyage vers le sud. Personne ne pourra mieux l'aider à organiser cette escapade que sœur Saint-Jean de la Croix ! Elle va lui en parler dès le lendemain.

Pour ranger la lettre avant qu'elle ne soit irrémédiablement tachée de larmes, elle sort ce qu'elle a de plus précieux au fond du tiroir fermé à clef de la petite armoire métallique dont elle dispose. C'est une chemise cartonnée bleu roi qui a traversé son enfance bousculée par le mauvais sort, sans jamais la quitter. Elle ne contient que quelques photos...

Michel ne figure que sur l'une d'elles. C'est un portrait retouché, de ceux qu'on faisait une fois l'an à l'école. Là, Michel a huit ans. Les autres photos, c'est Michel qui les a prises l'année suivante, du temps où ils habitaient chez leur grand-mère, dans le Perche.

Un des cadeaux des étranges visiteurs qui accompagnaient sa mère le dimanche avait été un petit appareil polaroid. C'était tout nouveau, ça venait juste d'arriver des États-Unis, mais Michel n'en avait pas moins appris à s'en servir rapidement. Marie avait de son côté précieusement conservé les tirages. Comme ils avaient une tendance naturelle à se gondoler, elle les rangeait dans un épais cahier d'écolier qui ne quittait la chemise bleue que lors de l'arrivée d'un nouveau cliché.

Ce soir, après s'être épongé le visage avec soin pour ne pas risquer d'endommager les instantanés qu'elle sait fragiles, elle rouvre enfin le vieux cahier. Paula, à qui elle a enfin annoncé la nouvelle, s'est assise à côté d'elle sur le lit étroit et c'est presque cérémonieusement que Marie tourne les pages une à une...

Le thème central de toutes ces photos était à l'évidence les magnifiques voitures qui amenaient les fameux visiteurs. À dix ans, Michel était déjà un passionné des modèles de luxe qui avaient, à l'époque, il est vrai, une sacrée allure. Il aurait pu en remontrer sur la question à nombre de petits frimeurs plus âgés que lui !

Sur plusieurs tirages, on retrouve néanmoins souvent Marika, Marylou, Yvette, Riquet et bien sûr leur grand-mère Berthe et le père Bouchard. Mais aussi d'autres invités occasionnels que, pour la plupart, les deux gamins n'ont vus qu'une seule fois.

Marie vient de s'arrêter sur un des clichés. Elle l'extrait du cahier et se penche vers la petite lampe de chevet pour mieux l'éclairer. Paula, interrogative, scrute tour à tour l'image et le masque soudain figé de sa camarade. La photo ne diffère en effet guère des autres. Il est centré sur une décapotable rutilante. En marge, une écriture d'écolier a calligraphié : Bugatti T46. Deux hommes sont négligemment appuyés au capot longiligne...

Marie identifie sans peine Riquet en l'un d'eux. L'autre, c'est l'homme qui hante ses cauchemars depuis des années...

Pourquoi n'a-t-elle pas reconnu ce soir-là, à Champigny, ce visage croisé quelques semaines plus tôt dans la campagne du Perche ? Et pourquoi le reconnaît-elle maintenant sans la moindre hésitation sur ce tirage ? À cause de l'énorme bouffée d'émotion qui l'a étreinte ce soir ? Pourquoi ? Quel rapport ? Marie approche encore la photo, focalise les visages des deux hommes. Le regard qui fixe Riquet n'est nullement menaçant ; il a plutôt l'air de vaguement sourire même. Pourtant Riquet qui mesure presque une tête de plus que son interlocuteur semble fasciné, hypnotisé même, exactement comme elle l'a été l'espace d'un instant dans la cave de Champigny, quand ce regard a soudain fondu sur elle...

;

— Qu'est-ce que tu as, Marie ? Qui sont ces types ? Interroge Paula, intriguée.

Marie ne répond pas. Elle est ahurie, sonnée. Elle finit par remettre le cliché dans le cahier, puis le cahier dans la chemise dont elle rabat les élastiques. Puis percevant la question de sa camarade avec un temps de retard, elle finit par réagir :

— Des amis de ma mère...

— Qu'est-ce qu'ils t'ont fait ?

— Rien, qu'est-ce que tu vas chercher ?

*****

22. Le vieux Mario

C'est un vendredi en début d'après-midi que Marie a marché jusqu'à la gare avec sa petite valise. Le Vendredi saint de la Pâque 1957. Tard dans la soirée, le train fait un arrêt prolongé à Marseille. Elle a très soif et décide de descendre sur le quai chercher quelque chose à boire et, pourquoi pas, acheter un sandwich, car elle a englouti depuis longtemps celui qu'elle s'était préparé avant de partir. Le pied à peine sur le quai, devant le capharnaüm étourdissant qui règne dans la gare, un brusque sentiment de panique la saisit. Comme pour se donner du courage, elle s'adresse très poliment à deux mégères qui galèjent avec entrain au milieu d'une grappe de mioches, à quelques mètres du wagon... La plus volumineuse lui répond en riant à gorge déployée, laissant allègrement tressauter son impressionnant décolleté :

— Oh la cagole, tu t'es enclapé le charroi ?

L'autre, non moins hilare, renchérit :

— C'est y les cagoinces que tu cherches, ma mignonne ?

Marie remonte aussitôt dans le train... Ces gens semblent parler une autre langue, en tout cas un patois parfaitement incompréhensible ! Heureusement que Michel l'attend à la gare de Nice...

Elle arrive au petit matin. Son frère est bien sur le quai. Ils se reconnaissent de très loin, s'étreignent comme des amoureux au retour de la guerre !

Michel empoigne la valise de sa petite sœur et la conduit jusqu'à une lourde Beaulieu bleu marine. Le toit est ivoire, les flancs des pneus d'un blanc lumineux...

C'est la première chose que Michel lui dit après lui avoir demandé si elle a fait bon voyage : « Il faut bien ça pour tirer la caravane ! » L'intérieur est en similicuir gris perle, le volant gainé de peau... Michel a gardé sa passion pour les belles voitures !

Ça fait rire Marie de bon cœur. D'ailleurs, tout ce que lui montre son grand frère la fait rire aux éclats ! L'avenue Masséna et ses immeubles cossus, la promenade des Anglais, l'hôtel Negresco, la plage de Beaulieu, la flotte américaine mouillée dans la magnifique rade de Villefranche... Elle se sent idiote ! Mais elle s'en fiche, elle est tellement heureuse ! Ce qu'elle veut voir encore, c'est le Casino de Monte-Carlo, avoue-t-elle à son frère en riant de plus belle. Michel est heureux lui aussi. Monte-Carlo, c'est un peu plus loin, tempère-t-il, mais ils iront demain, c'est promis ! Ils franchiront même la frontière italienne pour aller boire un San-Pellegrino sur le port de San Remo ! Mais pour l'heure, ils repiquent sur Juan les pins où le clan est installé pour la semaine.

Estella accueille sa belle-sœur à bras ouvert. Le bébé est adorable. Il a déjà trois mois. Du coup, ils seraient un peu serrés dans la caravane tous les quatre. Au contraire de Marika qui était restée à la porte du clan vingt ans plus tôt, Marie passera les trois nuits suivantes dans le camion du père de

171

Michel, Mario, le patriarche du clan.

Trois jours de fête et de bonheur absolu comme Marie n'en a pas vécu depuis les temps heureux chez sa Mémé Giffon.

Marie parle à Michel de leur petite sœur qui est craquante, très peu de l'appartement où elle grandit avec leur mère et ses copines, pas du tout de Riquet, le père de Violette.

Au retour de leur balade à Monaco, le frère et la sœur s'installent dans le camion de Mario où Marie a rangé son baluchon. Elle veut montrer quelque chose à son frère... Michel commence par sortir du frigo du père deux bouteilles de San Pellegrino auquel Marie semble avoir pris goût un peu plus tôt sur une terrasse du port de San Remo. Marie, elle, pose sur la table la pochette bleu roi. Toujours aussi gais, ils tournent une à une les pages du gros cahier et Michel déchiffre en riant les légendes qu'il a portées sur chacune des photos jadis. Parfois il y a des dates, quelquefois seulement le nom et l'année de sortie du modèle qui trône plein cadre.

Quand Marie en arrive au cliché qu'elle est si impatiente de montrer à Michel, elle redevient soudain sérieuse :

— Tu sais qui c'est lui, là, à côté de Riquet ?

— Oui, bien sûr ! pas toi ?

— Non. Mais ce type-là, je l'ai revu une fois avec la mère.

— Ce type, comme tu dis, petite sœur, c'est Pierrot le fou ! L'ennemi public N 1 de la fin des années quarante !

— Tu es sûr ? Comment tu le sais ?

— On a vu sa photo dans tous les journaux, il y a quelques années.

— Quand on vivait chez grand-mère, tu le savais déjà ?

— Mais non, bien sûr. Je l'ai reconnu l'année d'après, dans les "Une" des quotidiens.

Lorsque Mario rentre à son tour au camion après sa journée, Michel le prend à témoin :

— Tiens, le père, tu reconnais ce gars-là, sur la photo ? Celui qui sourit, là, contre la Bugatti.

Mario a besoin de ses lunettes maintenant. Il les

sort posément de leur étui élimé.

— Merde, c'est Pierrot ! D'où tu sors ces photos, fils ?

Michel gratifie Marie d'un clin d'œil complice...

— C'est Marie qui les a amenées, mais c'est moi qui les ai prises, figure-toi ! J'avais même pas dix ans. Ça t'en bouche un coin, hein ?

— Montre voir, un peu. C'était où ?

— À la cambrousse chez grand-mère. Tiens, bois un coup avec nous, le père, ça va te remettre !

— Merde, c'est dingue que vous ayez connu le barjo !

— On l'a juste vu cette fois-là. On était petits. On savait même pas qui c'était... En fait non, remarque. Marie vient de me dire qu'elle l'a revu plus tard. Raconte-nous ça, Marie...

D'un même mouvement, père et fils se tournent vers Marie dont les pommettes rosissent aussitôt...

— ... euh, c'était avec Marika, près de Paris, dans une sorte de cave... J'étais toute petite, j'avais très peur... commence Marie.

Elle a du mal à continuer. Elle n'a plus envie de

revenir sur cette scène qui a hanté tant de ses nuits. Mais les deux autres ne pipent plus mot, semblent accrochés à ses lèvres...

— J'ai pas reconnu l'homme qui était venu chez grand-mère avec Riquet, Marika et ses copines quelques semaines plus tôt... J'avais trop peur...

Cette fois, sa gorge se serre, elle cale pour de bon...

— Après... Je me souviens plus...

Surpris, Mario cherche le regard de son fils, y lit la même gêne qui commence à lui serrer la poitrine...

— C'est pas grave, petite ! On est tous fatigués... Temps d'aller se caler dans nos bannettes ! C'est quoi vot' programme demain, fiston ?

— Le port d'Antibes, la Croisette et... et on verra ! élude gaiement Michel, reconnaissant au vieux Mario d'avoir su couper court quand il le fallait.

Comme beaucoup d'autres gamins, il a presque attendu son vingtième anniversaire pour commencer à entrevoir par bribes que le vieux n'était pas toujours aussi con qu'il y paraissait...

— Tu comptes revenir bosser un de ces quatre ? ironise Mario d'un air faussement sévère, avant d'ajouter après un temps... J'dis pas ça pour toi, petite. On est tous contents que tu sois là !

— Mais toi, le père, tu le connaissais, le barjo ?

De fait, depuis presque dix ans que Michel a été adopté par le clan, Mario n'a jamais parlé à son fils de ses années de déportation, de l'horreur, de la haine, des pauvres types tombés d'épuisement devant lui, des quelques-uns qui ont survécu dans la souffrance à ses côtés. Des deux meilleurs amis qu'il s'est faits au cours de ces deux années terribles, Mario n'a parlé que de Pascual, le père de Marie, grâce à qui il a retrouvé Michel après leur libération. L'autre, le grand Jo, Mario n'en a jamais dit un seul mot à Michel.

Pourtant les liens qui se sont tissés, épreuve après épreuve, défaillance après défaillance, brimade après brimade, entre Mario et le grand Jo sont peut-être devenus aussi forts que ceux qui attachent Jo au "barjo", son "frère de sang " des Bat'd'af. Ce n'est qu'à travers Jo que Mario a découvert le Barjo... Et bien sûr, après des jours, des semaines, puis des mois à se soutenir à bout de bras dans les pires conditions, sans jamais s'arrêter d'échanger à voix haute – un peu comme les secouristes parlent en continu aux blessés pour les empêcher de sombrer – Mario a l'impression de bien le connaître "le Barjo", de tout savoir de lui... d'en avoir fait trois fois le tour, comme on dit parfois...

Ce soir, devant ces deux enfants heureux, ça lui revient au vieux Mario... tout ce merdier, toute cette misère, toutes ces amitiés vécues au fond de cette carrière vorace, au milieu de ces ombres squelettiques, du désespoir, des larmes et de ces tortionnaires malades...

Oui, le "Barjo", même s'il a échappé aux camps, il le connaît par cœur, Mario... à se demander s'il n'a pas entendu parler que de lui pendant tous ces mois ! D'après Jo, Pierrot a juste eu plus de chance que lui... Ils étaient pourtant dans le même réseau de résistance, le réseau Morhange, dirigé par Léonce Dussarat, dit Léon des Landes.

Mais l'histoire n'a pas commencé là... L'épopée des "frangins", Mario l'a écoutée plus d'une fois... et depuis le début chaque fois ! Depuis que Jo et Pierrot ont été démobilisés, en décembre 1940 pour le premier, quelques semaines plus tard pour le second.

Jusqu'à aujourd'hui, et malgré les conneries de tous poils qu'il a pu entendre sur les radios ou lire dans les journaux, il n'en a jamais pipé mot, Mario, de la vérité qu'il détient. Mais maintenant, c'est de l'histoire ancienne et il fallait bien que ça sorte un jour ! N'est-ce pas ces deux gamins eux-mêmes qui ont exhumé le barjo de sa boîte ? Pourtant ils n'étaient nés ni l'un ni l'autre quand Pierrot a débarqué à Tataouine en janvier 1937 entre deux gendarmes et a serré la main de Jo pour la première fois ! Et Marie avait juste un an quand ils sont revenus à Paname à quelques semaines d'intervalle.

Du coup, le vieux Mario sort un autre San

Pellegrino pour Marie et sert un verre de vin à son fils avant de répondre...

******

23. Les frangins

« C'est son pote Jo que je connaissais bien, avait repris le vieux Mario... Jo, lui, me l'a tellement raconté son "frérot" que, de fait, j'ai l'impression de les connaître aussi bien l'un que l'autre... À leur retour de Tunisie, Jo a, de son côté, tout de suite retrouvé des contacts à Paris, où il avait évolué juste avant la guerre dans le milieu de la boxe et de la petite pègre qui grenouillait autour. Il avait repris maille avec ses copains et copines du "Balajo", avait retrempé dans différentes petites combines dont une de faux Louis d'or au sein d'une famille honorable. Le faussaire avait été donné et avait pris cinq ans, mais il avait complètement dédouané Jo qui n'avait du coup fait que quelques mois de préventive.

Quand Jo était sorti de taule, on lui battait froid un peu partout... car le mouchard, un rital, se baladait librement dans les bars branchés, de la Bastille à Pigalle. Pourtant, un gars s'était fait vilainement dézingué dans l'affaire et, de l'avis général, l'addition n'avait pas été réglée...

Quand deux hirondelles avaient retrouvé quelques jours plus tard ce même rital truffé de plomb accroché aux grilles du cimetière de Montmartre, elles n'avaient pu que vérifier l'identité du pendu...

La cote de Jo était brusquement remontée dans les boîtes de Montmartre. À vingt-cinq ans, il venait de passer dans la catégorie poids lourds, celle "à ne pas contrarier pour rien"...

Pour Pierrot, les choses avaient été bien différentes... Lui ne connaissait personne à Paname. À son retour de Tataouine, quelques semaines après son "frangin", il avait d'abord fait le loufiat dans une brasserie de la gare de l'Est, avant d'aller jouer du torchon dans un troquet de la place Blanche. C'est en passant la serpillière autour du haut tabouret d'une grande pute rousse au profil chevalin, qu'il s'était fait insulter par la belle. Les deux impétrants n'en étaient pas restés là ; ils étaient sortis sur le trottoir comme pour s'affronter... Pourtant ça s'était arrangé et Pierrot et Marinette avaient fait un long bout de chemin ensemble. Marinette était une bonne gagneuse, mais puisque Pierrot cherchait du boulot, elle le présenta à Bibil, aussi dit "le Mammouth"... Bibil, c'était Abel Danos. Une force de la nature, disait-on. Mais d'un certain point de vue, il était du mauvais côté... celui de la "carlingue". Pierrot, lui, avait peu de scrupules, juste besoin de "se refaire" au plus vite. Il avait suivi Bibil...

Il y avait un autre Jo dans l'affaire, Georges Boucheseiche... dit "le gros Jo", simple homme de main, mais ancien des Bat'd'af, lui aussi.

Dans la carlingue, les gains étaient larges et faciles ; le coup de la "fausse poule" marchait à tous coups ! Débarquer chez des bourgeois juifs aisés, avec un mandat de la Gestapo, était l'assurance d'être bien reçus...

Bibil et le gros Jo recevaient leurs ordres du sinistre Henri Chamberlin, dit Lafont, qui avait ses bureaux au 93 de la rue Lauriston, de triste mémoire...

Entre-temps, Jo Attia s'était fait un nom dans le milieu parisien. Il avait constitué une petite équipe dont le chauffeur attitré était Raymond Feufeu. La bande faisait volontiers dans le pillage des stocks de l'armée allemande pendant leurs transferts, le plus souvent au niveau des gares de triage de la région parisienne, mais aussi dans le racket en règle des collabos les plus actifs... Attia, un nom qui était du coup arrivé jusqu'au bureau d'Henri Chamberlin qui, en chef soucieux d'engager à son service des hommes efficaces et entreprenants, avait fait contacter le "grand Jo" par le "gros Jo"...

Rendez-vous avait été pris un matin de décembre 1942 dont Jo avait décrit le détail à Mario tant l'ambiance était électrique au deuxième étage du 93 de la rue Lauriston...

Dans le bureau de "Monsieur Henri", venait de se retrouver nez à nez une fine équipe : Bibil, le gros Jo, Pierrot, Jo Attia et le fidèle Feufeu... À l'exception de Raymond Naudy, encore modeste apprenti dans une horlogerie de Dax à cette heure, le futur "gang des tractions avant" était au complet.

Pour le grand Jo et Pierrot, l'heure était à la fête ! Pareilles retrouvailles au débotté, c'était Noël ! Ancien de Tataouine lui aussi, le gros Jo, à voir ses potes s'étreindre avec tant de chaleur, n'était pas en reste d'effusions et d'accolades !

Monsieur Henri avait laissé faire. En seigneur, il avait même fait apporter du Champagne. Le chef de la carlingue qui était rarement confronté à la contradiction n'y était pas allé par quatre chemins...

« Dans ses rangs, on fonctionnait en équipes. Pas de pépins à craindre ; on était couvert par les Allemands, intouchables par la police française. On avait toutes les cartes en main. La seule consigne était de respecter les règles de leurs collègues allemands. Au reste, il payait bien et les "à-côtés" étaient larges... »

Attia avait laissé pérorer le maître de maison, la coupe à la main, avant de prendre brièvement la parole à son tour...

« Lui n'était pas sûr que les choses fussent aussi simples. En tout cas, il ne les voyait pas comme ça, et il l'avait dit... Les seuls boches avec qui ils avaient fait ami-ami en Tunisie, Pierrot et lui, c'étaient des engagés dans la Légion étrangère, croisés dans les bouges de Sfax, les rares fois où les deux lascars avaient réussi à faire le mur ! Et ceux-là se battaient pour la France... »

Dans la foulée, il avait vertement interpellé Pierrot :

— Qu'est-ce que tu fous là-dedans, Pierrot, bordel ? Prends ta valoche, on se casse !

Puis s'adressant à Boucheseiche :

—Tu viens avec nous, gros, ou tu restes avec ces fumiers ?

Chacun dans la pièce connaît "Pierrot la valise", sait que la valise en question s'ouvre instantanément, qu'elle recèle un pistolet mitrailleur Sten avec un chargeur engagé et que le barjo défouraille en moins d'une demi-seconde... Les deux hommes sortent à reculons sans lâcher Lafont, Bibil et ses acolytes du regard. Henri Feufeu les couvre avec en pogne un 11,43 qui paraît démesuré au vu de son petit gabarit. Pour cette fois, le gros Jo ne bouge pas, mais il saura revenir vers ses potes de Tataouine quand il les saura menacés par Lafont... et ce sera très bientôt... »

Marie semble sidérée. Ce Jo Attia, elle l'a peut-être vu lui aussi chez sa grand-mère Berthe dans le Perche ? En tout cas, elle se souvient parfaitement de ce sobriquet "Feufeu" et du sourire bardé d'or d'un maigrichon toujours hilare qui le portait avec gouaille et parvenait même à faire rire Michel ! Pour l'heure, elle était fatiguée par ce jour de fête et de grand air partagé avec Michel et était partie s'allonger. Mais Michel avait continué à bavarder avec le vieux Mario qui n'en avait pas fini et lui avait resservi un verre de vin...

La journée du lendemain avait été magnifique. Marie avait été éblouie par les grands yachts à quai dans le vieux port d'Antibes. Ils avaient ensuite pique-niqué d'un pain bagnat, au soleil, sur un banc de la Croisette. Les voiliers sillonnaient la baie en rangs serrés vers les îles de Lérins encore dans la brume. C'était juste géant... Elle avait retrouvé son grand frère !

******

24. Deuxième lettre de Michel

Pourtant, la vie de Marie est ainsi faite... Son grand frère, elle ne le reverra jamais !

Ils se téléphoneront plusieurs fois. Des appels chaleureux où il sera toujours question de la prochaine fois où ils se retrouveraient, du bonheur qu'ils éprouveraient bientôt à s'étreindre de nouveau... et puis... et puis la vie passera...

L'été suivant, celui de 1958, Marie sera une dernière fois monitrice pour le Bon Pasteur. Puis ce sera l'année de validation de sa formation dans une maison d'accueil à Rennes, à l'autre bout de la France. Là-bas, elle rencontrera Robert, l'homme de sa vie... Bientôt viendra une petite fille, Pascale. Marie sera de nouveau enceinte quand arrivera la terrible lettre de Michel au cours de l'hiver 1966.

Le style de la lettre sera haché, semblera vouloir aller à l'essentiel. Comme si le temps était compté, comme si son frère était en perdition et jetait une bouteille à la mer...

Lors du déplacement annuel du clan vers les Saintes-Maries, au mois de mai précédent, il y avait eu un horrible accident. C'était au retour. Les hommes avaient bu.

Le vieux Mario et Estella étaient morts sur le coup. Philippe avait été éjecté et Michel qui conduisait un autre véhicule un peu plus loin dans le convoi l'avait ramassé sans connaissance dans le fossé. Mais ce n'était qu'une commotion. Le petit s'était remis en quelques jours à l'hôpital de Nîmes. Ça faisait déjà six mois.

Il avait quitté le clan en emmenant Philippe. Aujourd'hui, il le regrettait. Le petit s'en serait mieux tiré au sein du clan. Maintenant, lui n'était plus bon à rien. Il ne croyait surtout plus à rien...

Michel avait mis longtemps à écrire cette lettre. Ses pensées s'échappaient vers Estella, vers Marie, vers cette courte semaine de bonheur qu'ils avaient passée ensemble avec le vieux Mario des années plus tôt. Invariablement, il s'évadait à travers les récits improbables du vieux, ces évocations d'un autre temps...

« Le patriote c'était le grand Jo. Pierrot, lui, avait simplement suivi son "frangin" en ce jour de décembre 1942. En bas de l'immeuble de la rue Lauriston, les trois hommes avaient filé dans une C11 de la milice, imprudemment laissée au bord du trottoir avec ses clefs sur le contacteur et l'Ausweiss de rigueur calé sous le pare-brise... Son insouciant chauffeur n'ayant sans doute pas imaginé une seconde qu'une voiture officielle garée devant le siège de la Gestapo française puisse tenter un passant, même culotté !

C'est Feufeu qui mène la Citroën tambour battant jusqu'à un clandé de Pigalle tenu par un ancien capitaine de la garde impériale du tzar. Celui-là ne sert que du Champagne et ne vend personne... Jo, Pierrot et Feufeu comptent y réfléchir un moment au calme, le temps d'envisager la suite... Pourtant moins d'une heure plus tard, le téléphone sonne derrière le comptoir. C'est pour Pierrot...

— Dis pas de noms, faut faire très gaffe ! Qui tu sais veut vous écorcher vif... Faut prendre l'air ! Allez voir le colonel Alphonse à Viroflay.

Pierrot a reconnu la voix. Une main sur le micro du combiné, il glisse à l'oreille de Jo :

— C'est Bibil !

Puis, après avoir libéré le micro :

— Pourquoi, tu fais ça ? T'es d'quel côté, bordel ?

— On vous a tous les deux à la bonne le gros et moi... Et puis si ça tourne vinaigre d'une façon ou d'une autre, mieux vaut qu'on reste potes. Vous croyez pas ?

Les frangins voient très bien. Ils rappellent Bibil d'une cabine pour lui demander le code valide pour approcher le colonel Alphonse...

À Viroflay, ils sont très bien reçus ; après tout, ils viennent de leur propre chef et on a du boulot pour eux... Mais ils doivent se séparer ; ensemble, ils sont trop repérables. Pierrot va partir pour Dax prêter main-forte au groupe chargé de faire passer en Espagne les patriotes, les familles juives et autres équipages alliés abattus. Jo restera sur Paris. Mais son taf n'en sera pas moins délicat. Il devra infiltrer un gang de Corses qui entretiennent des rapports plus que tendus avec la clique de Lafont. Pourtant ils sont du même bord, mais les Corses "travaillent" directement avec la Gestapo de la rue Flandrin. Pour ce faire, il faut au colonel Alphonse quelqu'un de gonflé et surtout d'intelligent. Or, par la bande, il a lui aussi entendu parler de Jo Attia. Une fois Jo dans la place, le colonel lui demandera, sinon de retourner les Corses, d'au moins les inciter à concentrer leurs compétences pour contrer directement l'équipe sauvage de la rue Lauriston...

Tout cela ne se fait pas en un jour et sur la route il y aura une fusillade sanglante, la mort d'un ami et l'exécution d'un pourri. Cependant, tout du long, des coups de fil discrets, mais opportuns de Bibil ou de Boucheseiche avertiront à temps Jo du danger imminent...

Ce n'est que quatre mois plus tard, en mai 1943, que "les frangins" se retrouveront.

Sur les indications du colonel Alphonse, Jo descend à son tour à Dax. Il doit y retrouver le lieutenant Pierre Déricourt... en lequel Jo reconnaît sans peine Pierrot à sa fameuse valise.

À Bordeaux, Jo a rencontré le chef de réseau qui a pour nom de code Léon des Landes. Sur la région sud-ouest, c'est le responsable de l'Organisation civile et militaire, un des cinq grands mouvements de la résistance française, actif sur l'ensemble de l'hexagone.

Léon a remis à Jo de nouveaux papiers d'identité et des instructions pour le prochain convoi vers la Catalogne ; il s'agit cette fois de l'équipage d'un bombardier abattu dans le Pas-de-Calais et de plusieurs officiers de liaison qui doivent faire eux aussi le "grand tour" pour regagner l'Angleterre. Le passeur attitré du lieutenant Déricourt se fait appeler Jean Lassus.

Cette fois, le point de délestage des "colis" est

Barcelone, mais pour la vingtaine de convois qui suivront les deux frangins laisseront le relais à des passeurs espagnols dès la frontière franchie. Il s'agit pour l'essentiel de juifs traqués par la Gestapo, mais aussi d'hommes et de femmes, quelquefois officiers ou hauts fonctionnaires qui ont décidé de rejoindre Londres pour s'impliquer dans la lutte, contre l'occupant... »

Michel était péniblement arrivé au bout de sa lettre à Marie... Avec son fils, ils avaient erré sur les routes comme deux âmes en peine pendant trois mois. De place en place, Michel avait trouvé des petits boulots. Ça avait suffi un temps. En Avignon, il avait même déniché une bonne place dans une scierie. Mais au lieu de s'y accrocher, il avait acheté deux billets de train pour Paris. Pourquoi Paris, il n'en savait rien ! Et maintenant, ils étaient là, du côté des halles avec une bande de poivrots, à refaire le monde à coup de gorgeons. De temps en temps, il y avait quelques caisses à porter ou un camion à décharger. Lui il s'en foutait, ça ou autre chose... tout lui allait ! Il s'en foutait même complètement, du moment qu'il pouvait sortir le petit de là.

Voilà, c'était tout pour les nouvelles. Il fallait retourner la feuille pour la suite...

Cette suite, c'était un numéro de téléphone à appeler entre sept et huit heures du matin. C'était en fait le numéro du bistrot où Michel et son fils se réchauffent chaque matin en buvant leur café après une nuit de plus à la cloche de bois.

Ce qui découlait de ce post-scriptum, c'était que le lendemain du jour où Marie recevrait la lettre, elle devrait appeler le bistrot en demandant juste "Michel". Et Michel accompagnerait le jour même Philippe à la gare Montparnasse et il installerait son fils dans le wagon de tête du train de 10 h 40 pour Rennes. Michel avait glissé dans l'enveloppe une photo de Philippe qui venait d'avoir neuf ans.

À la lecture de la lettre de son frère, Marie avait senti sa gorge se serrer. Elle n'avait pas pu retenir ses larmes sous les yeux inquiets de sa petite fille,

Pascale. Marie est de nouveau enceinte. Son mari est artisan et travaille jusque tard le soir. Sa petite fille n'a que deux ans. Marie lui a donné le prénom du père qu'elle a si peu connu.

Marie avait gardé un long moment la photo floutée de son neveu devant les verres embués de ses lunettes... Qu'allait-elle faire ? Que pouvait-elle faire... sinon appeler ce numéro le lendemain matin ?

******

25. Des malfrats patriotes

Quand le train de 10 h 40 avait quitté le quai de la gare Montparnasse, Michel avait, comme si souvent depuis, laissé dériver ses pensées vers la caravane de son père, vers ces quelques soirées passées à écouter les histoires du vieux Mario au côté de Marie... Il s'en souvenait si précisément. Ce jour-là, il avait emmené Marie jusqu'à Monaco. Ils avaient roulé toutes fenêtres ouvertes et Marie saoulée de grand air venait de partir s'allonger au fond du camion. Estella était restée et écoutait le vieux avec lui en berçant son bébé. Mario leur avait resservi un verre de vin avant de continuer son histoire...

« À l'automne 1943, les deux frangins avaient eu de nouveau la surprise d'être contactés par Bibil... À Paris, le travail de Jo a porté ses fruits... la rivalité entre la bande Lafont/Bonny et celle des Corses avait rapidement évolué en une lutte sans merci. Mais c'est "Monsieur Henri" qui a eu le dernier mot et les Corses souhaitent se "replier". Bien sûr, la ligne de démarcation a disparu depuis plus d'un an, mais Lafont et Bonny ont des agents partout. Jo et Pierrot doivent réceptionner les huit Corses à la gare de Bordeaux. Ils seront escortés par un certain Lerouge. Cette fois, la destination des colis est le port de Marseille...

Les choses se passent relativement mal... À tel point que les deux compères en arrivent à se demander si ce Lerouge n'a pas été glissé entre leurs pattes pour faire capoter l'affaire. À deux reprises, Jo arrive à dissuader Pierrot de liquider purement et simplement le gêneur... Pour Jo, la priorité reste le succès de l'opération dont les deux hommes saisissent pourtant mal la finalité. Surtout Pierrot qui estime, en outre, que l'affaire est fort mal rémunérée. Il se rattrapera bientôt...

Quand leurs "colis" embarquent finalement entiers à Marseille, Lerouge a disparu... De retour à leur base, les deux frangins se mettent en chasse. Ils n'ont pas reçu d'ordre en ce sens, mais ils en font une affaire personnelle. Ils ont maintenant de nombreux contacts dans la région, et même si "Lerouge" ne s'appelle évidemment pas Lerouge, ils le retrouvent. Ça se passe sur le quai de la gare Saint-Jean. Le pseudo-Lerouge doit arriver par le train de Toulouse. Les deux frangins l'attendent sur le quai...

Soudain, deux types en imperméables gris abordent Jo, exhibent deux cartes tricolores... inspecteurs Vincent et Giret... "Poule" ? "Fausse poule" ? Pierrot a eu le temps de s'éloigner de quelques pas. Les deux siamois l'interpellent à son tour, mais c'est la Sten du Barjo qui répond du tac au tac ! C'est l'hallali dans la gare. Jo a la sensation brutale d'être mordu férocement à l'aine. Les deux sbires de Lafont sont à terre... Cette fois, ils ne sont que blessés, mais le tribunal militaire de Bordeaux les condamnera à mort pour intelligence avec l'ennemi six ans plus tard...

Les deux frangins parviennent à s'échapper avec

l'aide d'un allié imprévu, le préposé aux consignes qui leur glisse une adresse à la volée... "madame Margot", deuxième à droite en descendant vers le pont de pierre, au numéro 13. Sans surprise, c'est un bordel, mais un bordel du "bon bord" !

La blessure de Jo n'a aucun caractère de gravité, mais Lafont a publiquement juré d'avoir la peau du grand... et il l'aura quelques jours plus tard à Paris où Jo a été rappelé par le colonel Alphonse...

Cette fin d'année 1943 est pour Jo le début d'un long chemin de croix qui passera par les caves de la rue Lauriston, puis celles de la rue des Saussaies et enfin la prison de Fresnes. Heureusement, Georges Boucheseiche, dit "gros Jo" et Abel Danos, dit "Bibil", sont toujours dans l'équipe Lafont et veillent au grain.

Le grand Jo est sérieusement amoché, mais Lafont n'a pas eu sa peau. L'étape suivante pour Jo, ce sera le camp de Mathausen...

Pierrot, lui, est resté dans le Sud-ouest. Le lieutenant Déricourt a intégré les F.T.P. (francs-tireurs et partisans). Il est maintenant piloté depuis

Toulouse par Lucien de Marmande, commandant F.F.I. (forces françaises de l'intérieur). Pierrot fait cette fois équipe avec un apprenti horloger, Raymond Naudy, futur artificier du gang des tractions, qui n'est pas moins fantasque et imprévisible que lui. Ils sont chargés de rapatrier des sommes importantes depuis Barcelone pour alimenter les caisses du réseau. À Toulouse, ils remettent ces pactoles conséquents aux comptables du réseau sans en prélever un centime... Leurs "faux frais", ils les émargent, le flingue à la main, dans les bureaux de postes qu'ils croisent sur leur route...

Le plus dingue des deux ? Le plus dangereux ? L'histoire elle-même aura peine à trancher ! Certes Pierrot a sans doute gagné son sobriquet de "barjo" quelque temps plus tôt à Toulouse, alors qu'il déambulait nonchalamment en plein jour sur une place très fréquentée du centre-ville, sa sempiternelle mallette à la main. À ses côtés, Lucien, son nouveau chef de réseau. C'est leur premier contact physique. Pour mettre Pierrot à l'épreuve, le commandant lui glisse à voix basse, alors qu'en innocents promeneurs, ils passent devant une terrasse animée :

— Tu vois cet officier en uniforme de la Wehrmacht sous la verrière ? Beaucoup des nôtres sont tombés entre ses mains. Il est impitoyable. Regarde-le et n'oublie pas son visage. Je te donne huit jours pour m'en débarrasser...

— Pigé. Répond simplement Pierrot.

Stupéfait, Lucien voit Pierrot se diriger vers la terrasse, la traverser, sortir brusquement un Luger et tirer une balle en plein front de l'officier allemand, faire enfin trois pas de côté, sortir sa Sten de la mallette et en vider le chargeur dans la verrière, avant de s'éclipser au milieu des hurlements de terreur et des cascades de verre brisé »

*****

26. Des femmes, des mères et des filles

À Rennes, Pascale et Philippe s'entendent très bien.

Même si la différence d'âge est plus prononcée, puisque Philippe a maintenant dix ans, Marie ne peut s'empêcher, à les regarder jouer, de se revoir enfant en train de courir derrière son grand frère... " attends-moi... attends-moi ! "

Marie n'a revu sa mère qu'une fois depuis qu'elle est installée à Rennes. Marika n'est pas venue à son mariage au printemps 1963 et Marie, quelque explication que sa mère ait pu inventer à cette défection, en connaît la raison profonde... Malgré l'apparente absence de scrupules que sa mère a toujours manifestée concernant sa vie dépravée, elle n'en craint pas moins le regard de certains. À commencer par le regard de pitié généreuse toute prête à pardonner à " ceux qui n'ont pas eu de chance dans la vie " que n'auraient sans doute pas manqué de porter sur elle les beaux-parents de Marie, artisans bretons simples et honnêtes.

C'est trois ans plus tard, au baptême de Pascale, sa petite fille, que Marika est venue. Elle est même venue de loin pour l'occasion, se croyant grand-mère pour la première fois. Marika n'avait en effet jamais eu – ni cherché à avoir – de nouvelles de son fils Michel dont elle n'avait plus eu besoin, une fois sortie de prison...

Pourtant Marika vivait depuis quelques années dans la région niçoise avec sa nouvelle compagne, et pour peu qu'elles aient échoué quelque temps plus tôt dans une fête foraine un soir de bringue, Marika aurait tout aussi bien pu tomber sur le fruit de son premier amour occupé à faire tourner le stand avec son père.

Mick, la nouvelle compagne de sa mère était là, elle aussi, penchée sur le berceau. Elle avait à peu près le même âge que Marie et, quelque part, cela gênait la jeune mère qui en avait pourtant vu d'autres... Sans qu'elle sache ensuite se l'expliquer, c'est sans doute cela qui l'avait poussée à s'interposer quand Marika avait voulu prendre sa petite fille dans ses bras.

Bien sûr, quelques minutes après, Marie regrettait déjà son geste, aussi irraisonné qu'instinctif, mais ça avait été plus fort qu'elle. Ça relevait d'une trouble rancune et ça venait de si loin... Ça n'en était pas moins mesquin et inutilement méchant en ce jour de fête familiale. Heureusement, personne ne l'avait remarqué, hormis sa mère évidemment et probablement cette Mick qui, malgré la dureté de son visage, avait l'air plutôt sympathique...

Cela faisait donc plusieurs années que les deux femmes tenaient ensemble un stand de fringues sur les marchés de Nice et des environs. Yvette avait entre-temps disparu de la circulation. Il n'en avait en tout cas pas été question ce jour-là... Pourtant Marie n'oublierait jamais le détachement méprisant avec lequel sa mère avait traité Yvette au tout début de sa relation avec Mick... Alors qu'Yvette se plaignait de douleurs récurrentes après un tout récent avortement clandestin, Marika lui avait vertement répondu, en présence de sa nouvelle compagne : « ça t'apprendra à faire attention, ma petite ! »

Pour Marie, cela n'avait été qu'un pavé de plus dans la mare, car aussi loin qu'elle cherchât dans sa mémoire, revoir sa mère s'était toujours avéré une expérience éprouvante et douloureuse.

À l'été 1966, en cette occasion du baptême de sa fille, Marie avait eu des nouvelles de sa petite sœur Violette, de Marylou et de Riquet par contrecoup.

Après l'arrestation de Riquet, en janvier 1955, les trois femmes avaient conservé un temps leurs habitudes dans l'appartement de l'avenue Trudaine. Violette avait neuf ans quand Mick était apparue dans le paysage. La petite communauté d'intérêts avait rapidement volé en éclat. Marika et Mick étaient parties pour Nice. Yvette en réaction avait quitté le navire sans laisser d'adresse. Violette était restée avec Marylou qui, outre qu'elle n'avait plus vraiment le goût au tapin sans ses copines à portée de voix, était parvenue à la quarantaine, un âge où le métier n'était plus si lucratif. Ne pouvant assurer seule le loyer, Marylou avait trouvé une place de concierge dans le quartier, de sorte que Violette n'avait même pas eu à changer d'école.

À cette époque, en 1966, la quille approchait enfin pour Riquet. Il serait libérable dans quelques mois. Et cela avait été la hantise constante de Marylou. Depuis toutes ces années, elle visitait régulièrement son homme à la prison et lui mentait avec la même régularité, n'ayant jamais osé lui rapporter l'éclatement définitif de son "équipe". Et puis Marylou avait vu la santé de Riquet se dégrader au fil des visites.

Le jour de sa sortie, au tout début de l'année 1967, Riquet n'était plus qu'un vieux bonhomme presque aveugle. Quelque temps plus tôt, Marylou s'était enfin décidée à lui parler de la loge de concierge qu'elle occupait avec Violette.

Ce qui avait rassuré Marylou dans les derniers mois de détention de Riquet, c'est qu'au cours des visites, il parlait de plus en plus souvent de Violette. Et cela dans un registre bien différent de celui que Marie aurait imaginé... Du coup, Marylou avait senti que c'est à ça que son vieux bonhomme se raccrocherait et ça l'avait encouragé à lui dévoiler au compte-gouttes leur nouvelle situation. Certes, ils seraient un peu serrés à trois dans la loge de la rue Ordoner, mais Riquet aurait le plaisir de découvrir une jolie jeune fille de seize ans qui avait de tout autres ambitions qu'eux dans la vie...

******

27. Chroniques de France-Soir

Voilà donc tout ce que Marie avait appris de sa mère le jour du baptême de sa fille Pascale. Elle avait aussitôt décidé de se rendre à Paris pour revoir sa petite sœur Violette.

Une tout autre raison l'incitait à venir dans la capitale... Elle avait récemment écrit à France Soir, après avoir lu une chronique du journal. Cette chronique, Marie la lisait très régulièrement chaque samedi à la sortie du supplément week-end. Elle était signée par Pierre Saindrichain... La fidélité de Marie remontait à plusieurs années, à celle, plus exactement, où le journaliste avait couvert le casse de Billancourt, puis le procès de Riquet et de ses complices pour le même journal.

Ce journaliste, elle ignorait encore qu'elle l'avait croisé à sept ans à l'arrière d'une C15 de la préfecture de police, alors qu'il n'était encore qu'un jeune gendarme tout juste sorti de l'école. Comment aurait-elle pu seulement imaginer une coïncidence aussi ahurissante ! Le journaliste, tout aussi ignorant de cette circonstance singulière, lui avait répondu dans la semaine... Il était prêt à la recevoir dans les bureaux parisiens du quotidien France-Soir. C'était le fruit d'une longue histoire...

Pierre Saindrichain, outre sa fonction de chroniqueur judiciaire au sein du quotidien parisien à grand tirage, tenait une rubrique originale dans le supplément du week-end. L'un de ses précédents sujets était la vie truculente des couloirs de métro parisiens. Il bavardait avec ses "sédentaires" plus qu'il ne les interrogeait. Le résultat s'avérait souvent extrêmement pittoresque et, plus ils étaient décalés, voire délirants, plus le journaliste s'appliquait à les rapporter dans leur intégralité, se limitant à un très bref et souriant commentaire, une fois les guillemets refermés.

Le week-end venu, Marie lisait cette rubrique avec plaisir, comme on écoutait à l'époque son feuilleton préféré à la TSF.

Par un samedi matin ensoleillé du mois d'avril 1967, Marie avait sorti la chambre de poupée de sa fille sur la terrasse pour que la petite Pascale prenne elle aussi un peu le soleil. Elle avait tiré la desserte le long de sa chaise longue pour y poser sa tasse de café. Robert, son mari avait décidé lui aussi de profiter de la terrasse et du fond de son fauteuil préféré, il écoutait babiller sa fille qui commençait tout juste à poser des grappes de questions auxquelles il fallait bien répondre...

Marie avait donc provisoirement laissé ce soin à Robert, pour ouvrir le journal du jour à sa page favorite. Cela tout en sirotant le café préparé par son mari comme chaque week-end ; préparation qui, elle devait bien le reconnaître, surpassait très largement le brouet matinal qu'elle confectionnait distraitement au réveil les autres jours de la semaine...

Tout ça pour dire que Marie avait réuni les conditions optimales pour profiter pleinement de ce rare moment de détente. Dans des circonstances similaires, elle commentait volontiers à haute voix, entre deux éclats de rire, les lignes les plus cocasses de la rubrique du jour. Mais cette fois, plusieurs minutes s'étaient écoulées sans que le moindre mot n'échappe à la jeune femme... Au fil des lignes, elle semblait au contraire de plus en plus impassible et concentrée... Ce qu'avait à peine remarqué Robert, fort occupé de son côté par les incessantes questions à tiroirs de sa petite fille.

L'exclamation de Marie avait du coup fusé sans prévenir...

— Robert, regarde ça ! C'est absolument incroyable !!!

Son mari avait docilement lu les premières lignes de la chronique sans réagir outre mesure au caractère détonant que semblait y déceler Marie...

— Mais ce clochard, c'est forcément Michel ! Là, regarde !

La chronique de Pierre Saindrichain relatait cette fois plusieurs entretiens avec un "occupant sédentarisé" de la station Marcadet-Poissonniers. Le journaliste était en effet redescendu à plusieurs reprises dans le couloir de correspondance de cette station, tant les propos du clochard l'avaient intrigué... Des propos qui avaient d'autant plus interpellé le journaliste que c'est lui qui avait couvert pour le quotidien parisien le casse des usines Renault de Boulogne Billancourt, une douzaine d'années plus tôt. À ce titre, comme plusieurs de ses confrères, il avait été amené à mettre en doute l'arrêt de mort très consensuel décrété en 1951 par les autorités de l'époque à l'égard de Pierre Loutrel, dit Pierrot le fou... Or ce gars-là, du fond de sa station de métro, ne prétendait rien de moins que voir régulièrement passer Loutrel devant lui au pied de l'escalier de sortie où il s'était installé...

Plus troublant encore pour le journaliste, le clochard ne se référait pas à une éventuelle ressemblance avec une des multiples photos parues dans les "Unes" des journaux de la fin des années quarante. Il assurait au contraire avoir vu Pierrot le fou en chair et en os dans la campagne du Perche chez sa grand-mère où il vivait avec sa petite sœur.

— Tu vois bien que ça ne peut-être que Michel !!!

La conviction de Robert n'était pas à ce point manifeste, mais ce mari aimant connaissait assez l'affection si particulière et tant de fois contrariée par le destin que Marie portait à son grand frère, pour prendre la chose avec la même passion. Rien n'aurait d'ailleurs pu tempérer l'élan de Marie qui avait écrit le soir même une longue lettre au journaliste. Elle l'avait adressée au journal et le samedi suivant la réponse était arrivée...

Le journaliste lui communiquait le numéro de téléphone et l'adresse de son bureau et ajoutait qu'il serait très heureux de la recevoir au moment qui conviendrait à la jeune femme.

Marie avait dû attendre plusieurs semaines avant que les conditions nécessaires à ce déplacement sur Paris soient réunies. Il fallait d'une part qu'elle ne soit pas de permanence le samedi, de l'autre qu'elle puisse prendre sa journée de vendredi et qu'enfin le planning de l'atelier de son mari ne soit pas surchargé, comme il l'était trop souvent, afin qu'il puisse s'occuper de Pascale entre-temps. Après avoir beaucoup hésité, elle avait en effet décidé d'emmener son neveu Philippe à Paris. Elle voulait croire que la surprise de retrouver son fils serait le déclic qui sortirait Michel du marasme où il s'était lui-même enfermé. Marie choisit finalement le pont de l'ascension qui tombait fin mai et que Robert avait choisi de prendre lui aussi pour profiter de sa petite fille.

Le journaliste avait proposé qu'ils se rencontrent dès le jeudi après-midi dans un grand café de Montparnasse puisque les bureaux du journal seraient fermés ce jour-là.

Marie avait donc quitté la gare de Rennes le jeudi de l'Ascension par le premier train du matin avec Philippe qui en ce mois de mai 1967 allait déjà sur ses douze ans.

$$******$$

28. De Montparnasse à la rue Ordoner

Parvenue devant la terrasse de La Coupole, c'est Philippe qui identifia le premier le journaliste grâce à la casquette "France-Soir" que ce dernier avait promis d'arborer pour l'occasion. Après les quelques amabilités d'usage et les interrogations inquiètes de Marie sur l'état de santé apparent de son frère, ils en vinrent à leur sujet... Quelle convergence existait entre les questions qu'ils se posaient chacun ? De la part du journaliste, quelle circonstance particulière avait amené Marie à considérer que le sans-abri était certainement son frère ; de la part de Marie, où, quand, et à combien de reprises exactement, le journaliste avait-il rencontré son frère ? Avait-il obtenu d'autres informations que celles rapportées dans sa chronique... ?

Marie sentait son neveu attentif à leur conversation, mais surtout très anxieux ; comme s'il guettait ce quelque chose qui expliquerait tout, le chaînon manquant qui répondrait aux questions sur son père qu'il se posait depuis des années... Marie se demandait maintenant si c'était une si bonne idée d'avoir emmené Philippe à Paris avec elle...

Elle commença par confirmer au journaliste qu'ils avaient bien vu Pierrot une fois chez leur grand-mère dans la campagne du Perche. C'était au cours de l'année 1946. Michel avait neuf ans à l'époque et elle, presque sept. Elle raconta ensuite cette unique fois où ils s'étaient retrouvés quelques années plus tard à Nice, l'histoire des photos qu'avait prises Michel avec son petit appareil polaroid. Les doutes qu'elle-même avait eus d'abord, puis la certitude glaçante en reconnaissant sur un des clichés de son frère, le regard étrange qui s'était posé sur elle dans la cave de Champigny en 1946.

Elle résuma ce paradoxe que le journaliste avait

déjà mesuré en écoutant l'émotion monter dans la voix de la jeune femme : elle avait reconnu le regard de Pierrot sur une photo prise un peu plus tôt par son frère, tandis que Michel avait, lui, identifié l'homme aperçu chez sa grand-mère dans l'un des portraits publiés en "Une" des journaux quelques mois plus tard...

Pour le journaliste aguerri, habitué à recouper des témoignages épars pour son commerce, l'affaire ne laissait guère de doute : la jeune femme qu'il avait devant lui était bien la sœur du clochard avec qui il avait bavardé deux mois plus tôt. Et le frère et la sœur avaient bien vu lorsqu'ils étaient gamins Pierrot le Fou chez leur grand-mère ! Plus fort encore, après avoir interrogé des dizaines de témoins qui "pensaient avoir reconnu" Pierrot le Fou lors du fameux siège de Champigny, il avait cette fois devant lui le premier témoin crédible à s'être trouvé face à face avec Pierrot ce soir-là !

Hasard inconcevable ! C'était cette petite fille en pleurs qu'il avait rattrapée au vol au beau milieu du "siège de Champigny" vingt ans plus tôt...

Marie avait fait le joint, elle aussi. Et ils avaient ri tous les deux. Elle, oubliant un instant les questions inquiètes qu'elle venait de poser sur Michel ; lui, encore ébahi par l'espièglerie épatante et têtue du destin, dont il faisait pourtant métier.

Tout ça crédibilisait en tout cas sérieusement ce que la plupart de ses lecteurs avaient très probablement pris pour les élucubrations d'un poivrot patenté ! Cela confirmait accessoirement son intuition première que ce battage médiatique autour de la mort de Pierrot, quelque vingt ans plus tôt, avait été une opération d'intoxication orchestrée par le ministère de l'Intérieur de l'époque.

Pour Marie, ce qui était tout à fait clair maintenant, c'est que c'était bien avec Michel que le journaliste avait bavardé à plusieurs reprises dans ce couloir de métro. Elle venait en outre d'apprendre que son frère ne semblait pas en mauvaise santé, mais qu'il avait simplement, volontairement ou non, perdu tout contact avec le monde trépidant dans lequel s'agitaient furieusement ses congénères.

Elle essaya de rassurer Philippe, mais sans grand succès. Le jeune garçon avait d'abord paru complètement ahuri par l'intrusion de ce Pierrot qui tombait des nues, puis s'était retiré dans une attitude aussi absente qu'indéchiffrable.

La seule chose que Marie n'avait pas encore dite au journaliste, c'est que le nom de la station où il avait rencontré Michel avait étrangement tinté à son oreille... C'était précisément celle où elle devait descendre tout à l'heure pour rendre visite à Marylou et Violette... Bien sûr, elle aurait pu simplement se dire que le monde était petit, mais quelque chose lui disait que le hasard n'avait peut-être rien à y voir ! Elle le saurait bientôt...

Le journaliste était d'accord pour les accompagner le lendemain jusque dans les couloirs de la station Marcadet où il avait parlé plusieurs fois avec le père de Philippe. Ils se retrouveraient à la sortie de la station au croisement de la rue Ordoner et du boulevard d'Ornano, à neuf heures du matin.

Vers 18 h, Marie et Philippe avaient repris le métro vers le XVIII° arrondissement.

L'immeuble n'était qu'à deux cents mètres de la station, au coin de la rue Ordoner et de la rue de Clignancourt. Marylou et Violette les attendaient. Violette était de fait devenue une très jolie jeune fille et les deux sœurs se retrouvèrent avec beaucoup d'émotion. Pourtant leurs seuls souvenirs communs étaient ces quelques bribes de dimanche passées à jouer ensemble dans la petite chambre de Violette, avenue Trudaine, douze ans plus tôt. Marylou, de son côté, avait dépassé la quarantaine, mais était restée une très belle femme. Elle avait toujours été plus proche de Marie que Marika et les deux femmes s'étreignirent avec chaleur.

******

29. Un vieux bonhomme inoffensif

Riquet, lui n'était pas là. Pourtant, à ce que Marie avait compris, il était sorti de Fresnes au tout début de l'année. Elle ne tarderait pas à apprendre de Violette que c'était simplement l'heure de sa promenade quotidienne jusqu'au square de Clignancourt. Pour lors, on en était encore aux embrassades, aux rires et au plaisir de se retrouver après si longtemps. Philippe, quant à lui, comme tout petit mâle en devenir, se montrait à la fois très emprunté et soucieux de paraître néanmoins sous son meilleur jour auprès de ces inconnues...

Marylou tentait de le mettre à l'aise sur le mode du bavardage enjoué d'une tante très sexy avec son neveu pas encore déniaisé, mais impatient de mieux connaître cette tante qu'elle n'était pas... La vraie tante de Philippe c'était Violette, même si elle n'était que de cinq ou six ans son aînée. Mais Violette et sa grande sœur étaient déjà en grande conversation.

Le souci secret de Marie, c'était la cohabitation de sa jeune sœur avec Riquet dans un espace aussi réduit. Pour sa part, Marie avait délibérément choisi la fuite, la rue, et la pluie glaciale d'une nuit d'hiver pour ne pas affronter cette épreuve...

Pourtant l'allure rayonnante de sa petite sœur et son assurance l'avaient dès l'abord en partie rassurée... Aux questions prudentes de Marie sur son père, Violette avait répondu en riant de bon cœur, moquant gentiment les inquiétudes infondées de sa grande sœur. Depuis que son père était sorti de Fresnes, pour elle, rien n'avait changé. Riquet n'était plus qu'un vieux bonhomme qui n'y voyait plus grand-chose et marchait avec une canne, mais il l'écoutait. Il l'encourageait dans ses projets, bavardait volontiers avec elle du peu de choses qui tracassaient encore la jeune fille ; quelquefois même des mauvais chemins à éviter pour une jeune fille. À commencer par ceux qu'il avait lui-même choisis jadis et l'avaient mené jusqu'à cette petite loge sombre qu'éclairait heureusement " l'une des plus charmantes jeunes filles du monde ". C'était souvent la dernière phrase qu'il se plaisait à répéter avant de partir avec sa canne et son caniche pour sa promenade quotidienne jusqu'au square de Clignancourt.

Le caniche de Riquet était tout aussi perclus de rhumatismes que son maître et quelquefois Violette accompagnait son père jusqu'à l'entrée du square. Elle avait vite compris qu'outre les autres concierges du quartier et les quelques copains qu'il s'était faits depuis sa sortie de prison, il retrouvait là quelques anciennes relations d'affaires croisées à la prison de Fresnes où il avait quand même passé plus de douze ans... À travers les commentaires désabusés qu'il "échangeait" volontiers le soir avec sa télé, il semblait clair que pendant tout ce temps, il était toujours resté pleinement au jus de ce qui se tramait dans le milieu parisien...

Riquet était de fait rentré un peu avant vingt

heures, juste à temps pour les actualités à la télé. Son programme de vieux truand retiré des voitures semblait en effet réglé comme du papier musique et Marie surmontant ses vieilles peurs avait souri et n'avait pas cherché à esquiver la joue du vieil homme qui se penchait vers elle pour l'embrasser. C'est Violette qui avait raison ; Riquet semblait bien être devenu un vieux bonhomme inoffensif et elle devait, elle aussi, passer à autre chose, balancer enfin par pertes et profits ce poids qu'elle avait trop longtemps gardé sur le cœur...

À cinq dans la petite loge, l'air commençait quelque peu à manquer et Marie était sortie un moment, le temps de trouver une chambre pour la nuit dans les environs immédiats pour Philippe et elle. Elle était ensuite revenue le chercher et inviter à dîner dans un des nombreux restaurants populaires du quartier sa petite sœur, son père et celle qui avait bon an mal an suppléé leur mère toutes ces années. Riquet avait préféré rester devant son vieux poste de télé, mais les trois femmes avaient passé une excellente soirée dans un boui-boui berbère, place Jules Joffrin. Quant à Philippe, il paraissait subjugué au dernier degré par sa toute jeune tante et ne pipait mot qu'en tout dernier ressort !

Le lendemain, quand Marie et Philippe étaient arrivés Boulevard d'Ornano, Pierre Saindrichain les attendait, appuyé à la balustrade vert-de-gris de la station Marcadet, comme convenu. Philippe était bien sûr à la fois impatient et très anxieux à l'idée de retrouver son père qu'il n'avait pas vu depuis deux ans... Ils étaient descendus dans la station à la suite du journaliste, avaient remonté le quai, puis s'étaient engagés dans le couloir de correspondance avec la ligne douze. Philippe restait en retrait, neutre, comme asphyxié par un trop-plein d'émotion dont aucun signe ne transparaissait pourtant sur son visage.

Le journaliste s'était arrêté au pied d'un escalier de sortie, au niveau d'une grille d'aération à travers laquelle un flux d'air tiède sourdait en permanence. C'était là, leur avait-il assuré. Là, qu'il avait rencontré Michel à trois reprises dans ces heures-là, à plusieurs jours d'intervalle. Ils avaient continué le couloir jusqu'à l'autre quai, puis essayé les différentes sorties, étaient enfin revenus sur leurs pas vers la surface. Sans succès.

Michel n'était pas à son poste ce matin-là. Philippe s'était brusquement détendu, comme si une trêve venait d'être signée dans le cours d'un âpre combat souterrain. Devant la déception perceptible de Marie, le journaliste avait proposé un nouveau rendez-vous pour le lendemain à la même heure.

Ravalant sa déconvenue, Marie avait accepté sans hésiter. Ils rentreraient à Rennes le dimanche. Elle avait tellement fantasmé ce moment unique où elle retrouverait à nouveau Michel, tout aussi miraculeusement que la dernière fois à Nice. Elle était si sûre de trouver les arguments pour le sortir de sa prostration — à commencer par la présence de son fils — qu'elle n'était pas prête à abandonner sans combattre. C'est ce qui avait finalement fait pencher la balance dans son choix risqué d'emmener Philippe avec elle...

Pour l'heure, se rappelant que Violette n'avait pas de cours avant lundi, elle venait de décider de lui confier son fils pour la journée. Une décision dont – elle en était plus que certaine – Philippe ne risquait pas de se plaindre... De son côté, elle avait un autre projet pour l'après-midi...

Le fait qu'elle n'ait pas retrouvé Michel le matin, comme elle l'espérait tant, ne change rien aux différents éléments dont elle est maintenant absolument sûre... Le premier, c'est qu'il ne fait aucun doute que c'est bien avec Michel que le journaliste a discuté dans ce couloir de métro ; le second, puisqu'il ressort des échanges qu'elle a eu avec Pierre Saindrichain que son frère a bien toute sa tête et l'esprit en éveil, c'est qu'elle n'a aucune raison de penser que Michel ait pu se tromper, confondre Loutrel avec un péquin quelconque... Le troisième, c'est que, si Michel a reconnu la bobine de Pierrot à de nombreuses reprises au pied de cette sortie-là, comme il l'a assuré au journaliste, c'est que Pierrot habite le quartier, plus probablement à proximité de cette station de métro, au croisement de la rue Ordoner et du Boulevard d'Ornano... Le dernier, c'est que pour une raison qu'elle ignore encore, son frère Michel semble lui aussi attaché à ce quartier...

******

30. Square de Clignancourt

Le projet de Marie pour l'après-midi, puisque la journée s'annonce ensoleillée et chaleureuse, comme elles savent l'être souvent tout au long du mois de mai à Paris, c'est de s'arrêter dans une librairie du quartier pour y chercher un bon bouquin. Elle irait ensuite s'installer sur un banc du square d'où elle pourrait se pénétrer de l'étrange atmosphère de ce microcosme, manifestement centré sur le square de Clignancourt. Peut-être trouverait-elle là quelque information providentielle qui la rapprocherait de son Michel... Même si elle repousse à toute force, chaque fois qu'il se présente, ce fâcheux pressentiment que Michel ne sera pas davantage à la station Marcadet le lendemain, cette éventualité la mine.

Tout autre chose aiguille la curiosité pointue que sœur Saint-Jean de la Croix lui a sans doute transmise... C'est cette idée qu'a émise Violette la veille, cette histoire de potentielles retrouvailles entre anciens détenus de Fresnes. Un peu comme si sa petite sœur en avait dit trop ou pas assez sur une conversation surprise entre Marylou et Riquet par exemple...

Bref, Marie a commencé à "se raconter des histoires" et puisqu'autant, elle n'a rien de spécial à faire jusqu'à son rendez-vous du lendemain avec le journaliste de France Soir, elle va suivre son instinct...

Alors qu'elle déjeune d'une salade, un moment plus tard, à une terrasse ensoleillée avant d'aller s'installer dans le square, Marie aperçoit soudain Violette et Philippe, bras dessus bras dessous, sur le trottoir d'en face. Elle leur fait signe et, pendant que les deux adolescents traversent en courant au milieu des voitures, il lui vient une nouvelle idée propre à affiner la première...

Violette lui a raconté la veille en riant que son vieux père avait des habitudes bien arrêtées. Il sort vers seize heures après sa sieste et revient toujours avant vingt heures pour le journal télévisé. Quelquefois plus tôt, quand le temps ne se prête pas à rester si longtemps dehors. Violette lui a aussi confié que son père n'y voit plus grand-chose, ce que Marie a pu constater par elle-même quand Riquet est rentré, un moment plus tard...

La nouvelle idée de Marie, c'est de laisser quartier libre à ces deux lascars puisqu'ils ont l'air de tant s'amuser ensemble, mais de leur donner rendez-vous au même endroit d'ici deux heures, en tout cas pas après trois heures et demie... Elle demande même à Violette d'être ponctuelle, car elle " aura besoin d'elle "... Marie adopte pour ce faire un ton juste assez mystérieux, sans toutefois en dire plus, et les laisse s'éloigner. Elle gagne ensuite le square de Clignancourt qui n'est qu'à deux minutes.

Elle s'installe avec son bouquin sur un banc en partie dissimulé par un massif de troènes fourni. Le centre du square est occupé par un kiosque à musique autour duquel font cercle plusieurs bancs. Quelques hommes d'un âge certain, manifestement des retraités, y discutent paisiblement le bout de gras. Les autres bancs disséminés dans le square sont majoritairement occupés par de jeunes mamans qui profitent du soleil en surveillant leur progéniture.

Marie a déjà tourné une bonne centaine de pages quand sa montre lui rappelle qu'il est temps de retrouver Violette et Philippe.

Les deux jeunes gens sont bien au rendez-vous et Marie leur expose son plan aussi simple qu'innocent. Ils vont aller en famille jusqu'au square, s'installer sur le banc que Marie vient de quitter pour continuer à bavarder sans façon. Comme il est très probable que Riquet se dirigera vers le centre du square pour se joindre à la brochette de retraités qui tiennent conseil autour du kiosque, sa vue basse devrait maintenir les trois curieux dans l'anonymat du parc...

Il n'est pas encore quatre heures quand deux types d'une petite soixantaine d'années poussent chacun un des courts battants grillagés qui marquent l'entrée du square. L'un est dans le même appareil, ou peu s'en faut, que les retraités assis près du kiosque ; pantalon de flanelle, veste de laine, gapette de marinier. Son interlocuteur, un peu plus grand, et nettement plus épais, est mieux mis, plutôt dans la gamme "commerçant assis du quartier". Marie les reconnaît instantanément... Tous les deux !

Le premier, c'est Pierrot. Elle n'a aucune espèce de doute. Pour le second non plus. Lui aussi, elle l'a vu chez sa grand-mère quand elle était gamine... Lui aussi doit être sur les photos de Michel. Mais aucun nom ne lui vient. D'ailleurs des noms, elle n'en avait jamais entendu aucun, juste des sobriquets comme "Riquet" ou "Feufeu" et bien sûr, à part ces deux-là, elle les a oubliés depuis. Mais le second, ce n'est pas Feufeu. Feufeu était petit et malingre, avait des dents en or et rigolait en permanence.

Marie ne se trouble pas, et surtout ne fait aucun geste. Elle demande simplement à Violette sur le ton du bavardage, le regard distraitement tourné vers l'entrée du square :

— Le plus mince, tu le connais ?

— Oui, il vit avec la concierge du 27. C'est une copine de Marylou. C'est elle qui leur a trouvé la place il y a deux ou trois ans.

— Et l'autre, le plus grand ?

— Lui, papa l'appelle le "gros Jo" et je suis même étonné de le voir là, car il m'a dit qu'il vivait maintenant au Maroc à la suite, paraît-il, d'une grosse affaire d'enlèvement qui a fait la "Une" des journaux pendant plusieurs mois. Depuis, il est "tricard", comme dit papa. C'est son fils qui gère son ancienne boîte de nuit rue des Martyrs. Celui-là, le fils, j'ai des copines qui le connaissent un peu. C'est un type à ne pas fréquenter, un sale type ! »

Marie est proprement estomaquée. Elle regarde tour à tour le visage un peu surpris de Violette et le manège des deux hommes en train de se faire une place près du kiosque. Bien sûr, c'est dans ce but précis qu'elle a emmené Violette jusqu'au square. Mais pareil coup double en pleine cible ? Non, là, vraiment, elle n'en revient pas !

C'est au tour de Riquet de pousser bientôt le portillon bas du bout de sa canne. Lui aussi est accompagné. Le même genre de gonze, là encore. Même accoutrement, mais plus mince, plus nerveux aussi. Il ne fait pas attention à elles. Quant à Riquet, il avance d'un pas lent, suivi par son clebs, scrutant le sol inégal devant lui...

— Et le désossé, là-bas, avec Riquet ?

— C'est un type du quartier, lui aussi. Je ne sais pas trop ce qu'il fait. Probablement pas grand-chose de plus que les autres... Je crois qu'il était à Fresnes avec papa.

Marie hésite entre attendre la prochaine surprise que révélerait cette invraisemblable cour des miracles ou s'éclipser discrètement par l'autre porte du square derrière elles, risque finalement une dernière question, tandis que Riquet et son acolyte se font à leur tour une place au sein du conseil :

— Dans le groupe là-bas, tu connais les autres ?

— Oui, de vue pour la plupart. À part le gros

Jo, ce sont tous des vieux du quartier.

Marie avait de nouveau invité sa "belle famille" pour la soirée, puisqu'il n'était évidemment pas question de dîner à cinq dans la loge de Marylou. Riquet qui était rentré un peu plus tôt du square que la veille, les avait accompagnés cette fois et avait ensuite insisté pour payer la note. Raviolis, pizza, gnocchis, c'est Violette et Philippe qui avaient choisi la table. En aparté, Marie leur a demandé de ne pas parler du petit jeu de piste de l'après-midi. En tout cas pour l'instant...

Entre-temps, elle avait en effet analysé la situation... D'une part, ce quartier qu'avait adopté Michel pour se poser pour un temps. Bien sûr, ça pouvait être un hasard, mais le plus probable était qu'il y ait au contraire une raison précise... De l'autre, cette place de concierge parfaitement anonyme que Marylou avait trouvé à Pierrot dans ce même quartier quelques années plus tôt... D'après Violette, Marylou situait tout aussi parfaitement le type plus épais, le "marocain", qui paraissait proche de Pierrot et qui l'était déjà vingt ans plus tôt, du temps des virées dans le Perche. Celui-là s'inscrivait manifestement en dehors de la routine du quartier... Enfin, Marylou abritait Riquet depuis sa sortie de Fresnes et elle tenait cette loge de concierge depuis presque dix ans. Bref, Marylou en savait certainement beaucoup sur ce quartier interlope à l'aspect pourtant si paisible. Mais elle tenait sa langue. Si le lendemain, avec l'aide du journaliste, elle retrouvait Michel, les choses s'éclaireraient sans doute. En attendant, mieux valait faire le dos rond et bouffer des gnocchis en levant son verre en famille et dans la bonne humeur...

Marie et son neveu avaient de nouveau rejoint Pierre Saindrichain à neuf heures pétantes, le lendemain. Malheureusement, ce qui hantait Marie depuis la veille s'était produit... La coïncidence proprement miraculeuse entre tant de circons-tances en elles-mêmes tout à fait improbables avait accouché de l'encoignure désertée d'un couloir de métro...

Marie et Philippe avaient bu un crème avec le journaliste à une terrasse voisine, histoire de passer le temps avant de redescendre dans la station une ou deux heures plus tard. Ils étaient longuement revenus sur les réponses qu'avait données Michel aux questions du journaliste. Marie en avait posé d'autres pour essayer de déceler un indice qui la mettrait sur la voie de la raison qui avait poussé son frère à s'installer pour un temps à cet endroit précis... Sans succès.

Pierre Saindrichain, de son côté, s'était enfin décidé à dévoiler à la jeune femme ce qui l'avait le plus intrigué dans le contenu de ses "conversations" avec son frère...

******

31. Métro Marcadet

Il n'en avait jamais parlé dans sa chronique, pas plus qu'il n'avait abordé la question quand Marie lui avait pourtant demandé l'avant-veille s'il détenait d'autres informations que celles révélées dans la rubrique hebdomadaire. Le journaliste ne connaissait alors Marie en tant qu'adulte que depuis quelques minutes et ce qu'il avait appris de Michel était par trop étrange pour être divulgué sans précautions...

Michel semblait en effet connaître le passé de Pierrot dans les moindres détails. À l'évidence, bien mieux que lui qui avait pourtant consacré des journées entières aux archives des différentes rédactions parisiennes et autant de temps à décrypter en bibliothèque les nombreux ouvrages écrits depuis la guerre sur "Pierrot la valise" et le "gang des tractions"...

Ça avait commencé par le récit des circonstances invraisemblables dans lesquelles Pierrot, Jo Attia et Georges Boucheseiche s'étaient retrouvés par l'opération du Malin — en tout cas celle d'un hasard aussi douteux que perfide — dans un bureau de la rue Lauriston en décembre 1942, soit presque deux ans après avoir été démobilisés des Bat' d'af. Cet épisode n'avait transpiré dans aucun des nombreux écrits qu'il avait eus sous les yeux, le journaliste en était certain. Pourtant, le réalisme avec lequel Michel avait décrit la scène était extrêmement troublant. À vrai dire, il donnait très exactement l'impression que Michel s'était lui-même trouvé sur place !

Le journaliste n'avait pu se retenir de demander à Michel d'où il tenait l'histoire, un peu comme s'il s'entretenait avec un confrère. La réponse de Michel lui avait proprement cloué le bec...

— C'est mon vieux qui m'a raconté tout ça...

— Et d'où il le tient, ton vieux ?

— Il est mort. C'était un manouche. Il s'appelait

Mario.

— Mario comment ?

— Juste "le vieux Mario", les manouches n'ont pas d'autre nom que celui de leur clan.

La réponse de Michel s'était arrêtée là. Mais l'histoire, elle, avait continué sans cesser de surprendre le journaliste... Bien sûr, Pierre Saindrichain, après les dizaines d'articles qu'il avait signés, la connaissait mieux que personne l'épopée du gang des tractions avant. Mais ce que lui avait raconté Michel était bien antérieur à ces années-là. Ça remontait à l'enrôlement de Pierrot et du grand Jo dans la résistance, au tout début de l'année 1943...

Là-dessus aussi, le journaliste en connaissait un sacré rayon. Il pensait même déjà tout savoir de la vie des deux "frangins de Tataouine", pourtant la précision des détails fournis par Michel était confondante et n'avait cessé de l'épater d'un bout à l'autre...

Dans un premier temps, Pierre avait craint de

s'être montré maladroit. Il regrettait d'avoir interrompu Michel, un peu inutilement finalement, puisqu'il apprendrait bien, à la toute fin de l'histoire, quelle en était la source...

Mais Michel avait continué sans hâte, du ton serein du fils redisant une histoire que son père lui a contée et dont il ne saurait de ce fait mettre en doute le moindre détail...

Le journaliste enregistrait toujours ses interviews sur un dictaphone et il l'avait déclenché à chaque entrevue avec Michel.

De fait, le journaliste avait fini par comprendre que la source n'était autre que le grand Jo et les interminables mois de captivité en camps de concentration que celui-ci avait partagé avec le père de Michel... Pourtant à la suite de leur troisième et dernière rencontre sur le quai de la station Marcadet, un détail avait surpris le journaliste... Les événements que Michel venait de lui relater s'étaient déroulés pendant la période d'internement des deux déportés au camp de Mathausen ; ce qui implicitement signifiait qu'Attia les avait rapportés à Mario après leur libération des camps et que les deux hommes s'étaient donc revus par la suite. Mais le journaliste n'avait pu poser la question à Michel, ne s'étant fait cette réflexion qu'après coup... Depuis, il ne l'avait pas revu.

Lesdits événements avaient pris place à la libération et impliquaient une fois de plus le "réputé mort" que Michel prétendait apercevoir régulièrement dans les couloirs de la station, et surtout ils étaient aussi hallucinants qu'inconnus des différents biographes de sa connaissance qui s'étaient intéressés à la personnalité fantasque de "Pierrot la valise"... Tout aussi surprenant pour le journaliste était le fait que Michel rapportait les faits d'un point de vue plus politique qui tranchait avec ses précédentes relations des récits de son père... Ce qui posait évidemment des questions quant au cadre dans lequel Mario et le grand Jo s'étaient revus après la guerre...

Du coup, il avait réécouté l'enregistrement avec attention...

« C'était au début de l'été 1944... Depuis que Pierrot était devenu le lieutenant Déricourt, il avait rendu beaucoup de services et c'est lui que la Direction Générale des Services et Recherches (D.G.S.R) avait choisi d'infiltrer dans les F.T.P. du colonel Georges. La D.G.S.R. était dirigée par le colonel Passy, mais contrôlée de très près par le général de Gaule. Le colonel Georges, de son côté, était un marxiste convaincu. Or les dépôts d'armes en possession des réseaux communistes tracassaient le "grand Charles"... Les renseignements précis dont il avait besoin viendraient de l'ami Pierrot...

En août 1944. Les alliés ont débarqué un peu partout. Les anciens maîtres se terrent. À Paris, Lafont et Bonny sont passés par les armes, mais quelques citoyens du même acabit ont mieux négocié le virage. Certains, de confession juive, ont consolidé leur fortune sur le sacrifice de millions de leurs coreligionnaires, les sieurs Joanovici et Szolnikof, entre autres... Le premier, complice de

Lafont et ami personnel du chef de la Gestapo à Paris, se cache tout bonnement dans l'habit d'un fonctionnaire lambda à la préfecture de police avec des papiers parfaitement en règle délivrés par le préfet Luizet qui dirigera bientôt, avec le peu de réussite que l'on sait, la traque du gang des tractions !

Michel Szolnikof, pour sa part, est encore un plus gros poisson. Ami d'Himmler, il a dirigé les bureaux d'achats Brandt, acquis plusieurs grands hôtels sur la Côte d'Azur pendant l'occupation italienne, et est parvenu à fuir la France avec plus de deux milliards d'or et de brillants et suffisamment de secrets dans sa besace pour lui assurer une large impunité...

Le dernier tort de Szolnikof sera d'avoir choisi l'Espagne de Franco pour refuge... Un pays où le lieutenant Déricourt a lié beaucoup de contacts au cours de ses missions précédentes. Raymond Naudy est du voyage. Quelques jours plus tard, au cœur de l'été torride castillan, en contrebas de la route qui mène de Madrid à Burgos, l'herbe sèche s'enflamme autour d'une voiture qui vient de sortir de la route. Son chauffeur a reçu un tir d'une rare précision dans l'oreille droite, une précision d'horloger, pourrait-on dire... Michel Szolnikof ne parlera plus à personne...

Avant de passer en Espagne, Raymond s'est plaint à son acolyte de la maigreur de leurs "frais de route". Qu'à cela ne tienne ! Les deux hommes s'arrêtent à Beaumont de Lomagne et, puisque le bureau de poste est déjà fermé, le lieutenant Déricourt va braquer sa Sten sur le ventre d'un gros commerçant du bourg et le déleste d'un million cinq cent mille francs. C'est une somme énorme. Le commerçant porte plainte auprès du procureur de la République de Toulouse. De retour en France, le lieutenant Déricourt est arrêté et conduit à la prison Saint-Michel de Toulouse.

À Paris, dans les bureaux de la D.G.S.R., c'est l'effervescence. Le colonel Passy a reçu des ordres du grand Charles à exécuter sur le champ ! Un officier est dépêché dare-dare à Toulouse porteur d'un sauf-conduit pour libérer Pierrot à la barbe des autorités judiciaires... »

L'enregistrement s'était interrompu au milieu d'une phrase de Michel sur un pchut, pchut, pchut agaçant... Cette fois, la petite bande avait défilé jusqu'au bout... Des trois rencontres avec Michel, la dernière avait, de fait, été la plus longue et la minuscule bande magnétique du dictaphone ne permettait que quarante minutes d'enregistrement.

******

32. La place vide

Vers onze heures, le journaliste, Marie et Philippe étaient de nouveau descendus dans la station de métro. Sans véritable surprise, ils avaient trouvé le renfoncement du couloir toujours aussi désert. Pour une raison inconnue, Michel avait "changé de crémerie" comme avait essayé de plaisanter le journaliste d'un ton désabusé. Presque aussi déçu que Marie, il avait néanmoins tenté de la rassurer... Seul Philippe paraissait soulagé. Il n'avait fait aucun commentaire, mais c'était manifeste... " le combat consommé, la morne plaine avait retrouvé un silence bienveillant ", un mutisme qui n'entachait pas l'avenir... Au demeurant, le jeune garçon n'avait pas ouvert la bouche depuis le matin... Pour aujourd'hui, Marie laisserait à Violette le soin de dégripper la syntaxe de ces silences récurrents... Continuant à deviser avec le journaliste, elle laissait son neveu tranquille face au "crème bien blanc" qu'elle avait commandé pour lui.

Pierre avait son adresse et son téléphone et ne manquerait pas de la prévenir aussitôt qu'il aurait le moindre élément nouveau en rapport avec son frère. Ils avaient traversé le boulevard ensemble en direction de la file de taxis et s'étaient quittés là. Le journaliste s'était engouffré dans la DS rouge qui attendait en tête de station.

Ils n'étaient qu'à deux cents mètres de la loge de la rue Ordoner et Marie avait brièvement appelé sa petite sœur d'une cabine, avant de proposer à Philippe d'aller y retrouver Violette. Elle avait tenté de suivre un instant le toit rouge du taxi aussitôt happé par le trafic dense qui descendait le boulevard Barbès. Elle était déstabilisée, comme désarçonnée même. Ce toit rouge qui se fondait dans la circulation, c'était beaucoup de choses qui s'éloignaient d'elle... Enfin, c'est ce qu'elle ressentait confusément au fond d'elle-même. Physiquement, c'était plutôt une sensation de jambes coupées, de besoin de s'asseoir n'importe où, mais là, tout de suite...

C'est pratiquement ce qu'elle avait fait. Elle s'était assise sur la première chaise libre à la terrasse la plus proche... Elle avait la tête vide. Ce journaliste était une bonne personne. Il lui avait donné beaucoup de son temps. Mais rien n'y avait fait ! Tout ça pour rien...

Elle avait regardé d'un air ahuri le serveur qui s'approchait, avait répété... « tout ça pour rien ! ». Le garçon avait dit : « pardon madame ? » et Marie avait enfin réalisé qu'elle devait commander quelque chose à boire ou s'excuser platement et repartir... repartir où ? Elle lui avait demandé un panaché...

Au ralenti, elle avait recommencé à penser à d'autres choses... à Philippe qu'elle avait une nouvelle fois confié à Violette pour la journée. Pas de problème de ce côté. Puis à Marylou, à ce milieu qu'elle n'a jamais quitté, à la classe qu'elle a conservée aussi... Quel péquin mal luné, la croisant dans la rue sur ses hauts talons dans un de ses élégants tailleurs, imaginerait une seconde qu'elle occupait une loge de concierge depuis presque dix ans sur les "berges" du square de Clignancourt dans le 18e arrondissement ?

Et puis, brusquement, une des dernières phrases du journaliste avait percé ce brouillard inconsistant... " Pour une raison inconnue, son frère avait changé de crémerie ! " Une logique rampante faisait son chemin... Elle reprenait pied. Elle avait vidé son demi-panaché, mais n'avait pas bougé. Elle serait aussi bien là pour réfléchir !

Le flot de voitures qui s'arrêtait au feu rouge à quelques mètres, puis repartait, s'écoulait un moment avant de s'immobiliser de nouveau, l'étourdissait un peu, mais ne l'empêchait pas de réfléchir... Peut-être Michel avait-il "changé de crémerie", mais peut-être l'avait-on déménagé... voire pire ! Les truands qu'elle avait vus dans le square, la veille, étaient sans doute à la retraite, mais ils n'avaient pas forcément perdu leurs fâcheuses habitudes... Il suffisait que l'un d'eux soit tombé sur la chronique de France-Soir pour que

Pierrot ou son copain bouffi aient aussitôt été alarmés. Celui-là, elle savait maintenant où retrouver son palmarès...

Que cette tronche malveillante ait pu s'en prendre à Michel venait d'aiguillonner férocement sa mémoire vers un point précis... les coupures de presse feuilletées dans la chambre de sa mère, avenue Trudaine, une douzaine d'années plus tôt. Elle avait toujours dans ses affaires, à Rennes, celle où le portrait du bouffi figurait au milieu d'autres, en tête de l'article qu'elle avait montré à sœur Saint-Jean de la Croix. Elle se rappelait parfaitement l'avoir glissée avec les photos de Michel dans la fameuse chemise bleue... D'ici là, il fallait agir... Si ce qu'elle venait d'imaginer s'approchait peu ou prou de la réalité, il fallait même agir vite... Le sombre tableau que Pierre Saindrichain lui avait dressé du gros balafré quelques instants plus tôt donnait à réfléchir, à surtout sérieusement s'inquiéter...

Marie avait simplement rapporté au journaliste l'étonnement de Violette lorsqu'elle avait reconnu à l'entrée du square ce type que son père appelait le "tricard marocain".

Pierre Saindrichain avait immédiatement réagi, précisant que la jeune fille parlait de Georges Boucheseiche. En quelques phrases, le journaliste avait dressé un portrait glaçant du personnage qui avait laissé Marie complètement ahurie...

******

33. De Biribi à Rabat

Boucheseiche, dit le gros Jo, avait lui aussi fait son temps militaire au bataillon disciplinaire de Biribi. De retour en métropole au cours de l'hiver 1941, il était devenu l'un des hommes de main de Lafont avant de revenir en compagnie d'Abel Danos vers Pierre Loutrel et Jo Attia après la libération pour constituer le gang des tractions avant. Quinze ans plus tard, fin 1961, on le retrouve dans les rangs de l'équipe de barbouzes que le pouvoir en place a embauchée pour faire rendre gorge à l'O.A.S.*[4]. Il participe entre autres à l'enlèvement du colonel Argoud en février 1963.

Qui, mieux que Pierre qui l'a couvert quatre ans plus tôt de bout en bout, pourrait en rapporter la dimension burlesque... ?

---

[4] *Organisation Armée Secrète : organisation clandestine opposée à l'indépendance de l'Algérie, créée après l'échec du putsch militaire d'Alger en avril 1961.

« À cette occasion, le gros Jo avait rencontré un problème très inattendu... Un problème qui s'appelait Jo Attia. Mais les deux hommes étaient amis de longue date et, entre eux au moins, les choses se passeront bien... »

Marie avait écouté l'histoire sans piper mot et les yeux écarquillés, tant elle paraissait irréelle... Puisqu'autant, ils avaient décidé d'attendre la fin de matinée pour redescendre dans la station de métro en vue d'une ultime tentative d'y retrouver Michel, Pierre avait continué... ou plutôt, repris au début...

« Décembre 1962. Les accords d'Évian ont été signés pendant l'été entre la France et l'Algérie. Pour le "grand Charles" c'est une affaire réglée ! Il est temps de passer à autre chose... L'O.A.S., il en a ras le képi, mon général ! Du colonel Argoud en particulier, officier très brillant avant qu'il ne participe au putsch d'Alger et ne devienne un des stratèges les plus redoutables de l'organisation secrète.

Circonstance ennuyeuse autant qu'embarrassante, Argoud se trouve en Allemagne, dans le secteur américain. Quelques années plus tôt, le général aurait volontiers confié l'opération au lieutenant Déricourt. C'était l'assurance d'un nettoyage rapide et sans bavure dans ce secteur où le général ne veut surtout pas de problème. Mais voilà, on lui dit que, de retour à la vie civile, le lieutenant Déricourt a mal tourné, qu'il est même réputé mort...

Qu'à cela ne tienne, il reste son acolyte, ce fameux "Jo". Il faut qu'il se renseigne auprès de ses services... Mauvaise pioche, on lui apprend que Jo Attia est de nouveau à Fresnes ! Pour une peccadille, très probablement... le général n'en doute pas un instant. N'empêche, ça contrecarre fâcheusement ses plans ! Deux agents du S.D.E.C.E. sont missionnés pour rencontrer Attia dans ses pénates de Fresnes, histoire de lui offrir sa libération conditionnelle en échange d'un menu service à la nation... Mauvaise pioche à nouveau ! Le grand Jo ne marche pas dans la combine. Lui non plus n'a pas admis la " trahison " du grand Charles. Et, pour sa part, il n'a rien contre ce colonel Argoud qui, au péril de sa vie, œuvre pour que la France tienne sa parole en Algérie. Au S.D.E.C.E., on a alors l'idée de faire appel à un barbouze proche du service pour convaincre Attia. C'est au tour du "gros Jo" de rendre visite à son vieux pote en prison... de lui expliquer qu'il a tout à perdre en refusant ce modeste service. D'ailleurs, ajoute-t-il, on leur demande d'escamoter Argoud au nez des ricains, pas de le liquider...

L'argument porte. Mais, en fait, Attia n'accepte la balade, que dans l'intention de sauver la peau du colonel Argoud !

Le 25 février 1963, le colonel s'apprête à rencontrer le magnat de la presse Axel Springer à Hambourg. Le taxi qui emmène Argoud à l'aéroport de Munich, où il doit prendre un vol intérieur pour Hambourg, est intercepté par l'équipe des deux Jo. Après plusieurs changements de véhicules, la traversée de Baden (zone d'occupation française) et le passage du pont de

Kehl sous les sièges d'une estafette de la sécurité militaire, Argoud est abandonné dans une Mercedes, le long du quai aux fleurs, derrière Notre-Dame avec un simple bâillon dont il n'aura aucun mal à se défaire rapidement, avant de repasser la frontière par ses propres moyens...

Il ne reste au gros Jo qu'à appeler le service concerné depuis un bar-tabac, et au grand Jo qu'à regagner la prison de Fresnes, la conscience apaisée »

Marie, incrédule, avait finalement éclaté de rire...

— C'est hallucinant ces histoires ! Vous faites vraiment un métier passionnant ! D'un autre côté...

Mais Marie n'avait pas fini sa phrase. Ses craintes pour son Michel venaient de resurgir... Le journaliste ne s'en était pas rendu compte, sensible à l'intérêt manifeste de la jeune femme, il avait continué à parcourir l'effrayante carrière du "gros Jo"...

« Deux ans plus tard, en août 1965, c'est au tour de Medhi Ben Barka d'être enlevé devant la brasserie Lipp en plein Paris. Cette fois, le

S.D.E.C.E. n'y est pour rien , en tout cas le certifie-t-il au Général que cette affaire embarrasse... Un autre service français semble penser qu'Attia et Boucheseiche sont à nouveau mouillés dans l'histoire... Au S.D.E.C.E., on dément avec assurance ! Attia n'est-il pas en détention à Fresnes ?

Évidemment, pour les Services qui ont suivi l'affaire Argoud de près, l'argument paraît particulièrement léger...

D'autant plus léger que, si Medhi Ben Barka n'a pas été retrouvé, sa trace, elle, l'a été... Et ce, dans la cave d'un pavillon de grande banlieue parisienne... dont le propriétaire s'avère être justement Georges Boucheseiche... La police scientifique estime même que l'activiste marocain y a été liquidé ! Pour parfaire le tableau, les enquêteurs semblent avoir suivi ces traces de si près, qu'au matin du 31 octobre 1965, ils perquisitionnent au "Gavroche" où le corps sans vie de Ben Barka a de fait été déposé par des inconnus quelques heures plus tôt...

Le Gavroche est une boîte très à la mode, rue Joseph Le Maistre, au pied de Montmartre. Elle est tenue par Carmen, le grand amour de Jo Attia. Au cours de la perquisition, la police s'est tout particulièrement intéressée à la chaudière à charbon dans les sous-sols de l'établissement, apparemment sans succès...

D'après un informateur auquel Pierre Saindrichain a eu accès plusieurs mois plus tard, en présence de la dépouille de l'opposant marocain, Carmen, affolée, aurait fait appel à Dédé l'élégant, un proche voisin de confiance qui tient un bar de nuit dans la même rue et l'aurait aimablement débarrassée de l'encombrant colis en toute discrétion ! »

— Pas moyen d'en savoir plus ! avait sobrement achevé le journaliste...

******

34. Marylou

Coincée au coin de l'étroite terrasse qui empiète largement sur le trottoir, Marie en était revenue à ses réflexions de la soirée précédente. Si elle n'avait pas cherché à aborder la question avec Marylou la veille, c'est parce qu'elle espérait encore retrouver Michel. Les affaires de ces vieux truands ne la concernent pas. La seule chose qui comptait pour elle, c'était de retrouver son frère... Peut-être qu'inconsciemment, elle avait déjà compris qu'elle n'avait reculé le face-à-face avec Marylou – dont le rôle était à présent évident pour elle – que pour préserver Michel...

Maintenant, elle n'a plus d'alternative... À moins, bien sûr, d'aller sonner directement chez Pierrot ou l'autre bouffi balafré !

Certes, il s'agissait de Michel... Et elle est culottée, la Marie ! Mais à ce point... ?

Marie avait sagement décidé de commencer par Marylou. Non sans une certaine clairvoyance en fait, puisque d'après les éléments qu'elle a pu réunir, Marylou en sait possiblement davantage que chacun des vieux crabes qui infestent le quartier, pris individuellement...

Elle avait passé le reste de l'après-midi à cette terrasse de café... un croque-monsieur, un second panaché, un café, un autre, et enfin un calva... Elle s'était octroyé ce large espace pour réfléchir à la meilleure façon d'aborder les choses avec Marylou. Ce faisant, beaucoup de souvenirs avaient défilé... Le soir, elle était passée chercher Philippe à la loge de la rue Ordoner. Riquet était devant sa télé, Violette s'occupait de son café et Philippe continuait à faire le joli cœur... Elle avait entraîné Marylou jusqu'au square qui ne fermait qu'à 21 h à cette saison. Elles seraient parfaitement tranquilles sur ce banc adossé à la haie de troènes... Surtout si par hasard le ton venait à monter...

Ce n'avait pas été le cas. Marie avait rapidement

compris qu'elle n'aurait pas pu mieux viser. Marylou les avait toujours eus à la bonne, elle et Michel. En outre, au-delà de la très jolie femme qu'elle était restée, Marylou était le contraire d'une imbécile et n'avait pas cherché à cacher davantage à Marie ce qu'elle voyait bien que la jeune femme savait déjà, en partie au moins...

Pierrot avait lu la chronique de France-Soir le samedi même où elle était parue dans le supplément week-end, un mois plus tôt. Mais la première solution à laquelle il avait pensé c'était justement Marylou. Lui aussi se souvenait parfaitement de ce dimanche ensoleillé en Normandie, de cette promenade vers la vieille grange où était née Marika, de ces deux petits gamins qui couraient devant, de la façon dont ils revenaient s'accrocher aux jupes de Marylou beaucoup plus volontiers qu'à celles de leur mère... Il s'en souvenait tellement bien que c'était la planque qu'il avait choisie pour mettre son "frangin" à l'abri après le casse de Billancourt. Casse qu'il n'avait d'ailleurs pas plus planifié qu'il n'y avait participé... Pierrot, lui, averti par Boucheseiche, s'était contenté de sortir quelques heures de sa retraite pour aller récupérer son frangin bien mal en point. Il avait choisi le genre de planque qu'il avait toujours privilégiée, un endroit qui n'ait aucun lien avec personne, encore moins avec lui...

Concernant Michel, Marylou n'avait eu aucune peine à convaincre Pierrot de la laisser gérer le problème en douceur... et seule.

À partir des quelques détails factuels contenus dans la chronique de France-Soir, Marylou avait assez facilement déniché Michel dans ses pénates souterrains. Il était installé sur de vieux cartons au milieu d'un joyeux bazar et semblait occupé à écrire un journal dans un grand cahier d'écolier. Il avait immédiatement reconnu Marylou. Pourtant cela faisait plus de vingt ans qu'ils ne s'étaient pas vus... ça remontait à cette année 1946, à ces visites baroques chez la grand-mère Berthe, à ces bolides rutilants que Michel avait capturés dans son polaroid. Ça faisait un sacré trou à combler !

Ensuite, Marylou en était tranquillement venue à son sujet... "pourquoi Michel avait eu tort de parler de Pierrot à ce journaliste..." Maintenant, il devait s'éloigner au plus tôt du quartier et si par hasard il recroisait la route de ce journaliste ou d'un autre, il devrait s'en tenir à l'évidence : "Il s'était forcément trompé en croyant reconnaître Pierrot, puisque tout le monde savait que Pierrot était mort depuis vingt ans..."

Ils avaient encore bavardé un moment, évoqué quelques souvenirs, échangé les nouvelles... Du côté de Michel, que son fils était maintenant à Rennes avec sa sœur Marie ; de celui de Marylou, que Marika n'était plus dans la région, mais sur la Côte d'Azur depuis plusieurs années, que Violette venait d'apprendre que sa grande sœur Marie attendait un deuxième bambin et qu'elle serait tellement heureuse de recevoir une lettre de lui un de ces quatre !

Et puis Marylou était partie, satisfaite d'avoir rempli au mieux sa mission, contente aussi d'avoir trouvé Michel assez éloigné de l'état d'hébétude ou de prostration qu'elle avait d'abord redouté.

Le gardien du square s'était approché de leur banc pour signaler aux deux femmes qu'il allait fermer les grilles du square. Elles étaient tranquillement rentrées jusqu'à la loge. En route, Marylou avait promis que, si par chance elle recroisait Michel, elle ne manquerait pas de le persuader d'écrire un mot à sa petite sœur... Ce faisant, elle avait pleinement rassuré Marie : Michel était vivant, il avait simplement suivi son conseil : "établir un large courant d'air entre cette vieille histoire et eux..."

******

35. Dernière lettre de Michel

On était dimanche après-midi. Marie et Philippe étaient maintenant dans leur train de retour vers Rennes. Philippe la saoulait de propos dithyrambiques sur Violette qui la faisait sourire. Il regrettait un peu que Violette soit sa tante plutôt que sa grande sœur, mais admettait lui-même que ce n'était finalement qu'un détail, ce qui faisait rire Marie de plus belle !

Ils étaient arrivés vers 19 heures à la gare de Rennes, où Robert les attendait sur le quai avec sa petite Calou, hilare, sur les épaules.

Au milieu de l'été, un petit David était né. Puis les mois avaient passé… jusqu'au printemps suivant où la dernière lettre de Michel était arrivée dans leur boîte…

On était début avril 1968, dans quelques semaines Paris, puis la France entière s'embraserait.

Le grand Charles prendrait un coup de vieux, mais, comme Pierrot, il vivrait encore deux ans. Entre-temps, ils se verraient de temps à autre, en toute indulgence par petit écran interposé. Leur histoire commune s'interromprait finalement le même jour, quand le vieux tube cathodique et le palpitant de Pierrot, tout aussi essoufflés l'un que l'autre, s'éteindraient de concert au fond de la loge du 27 rue Ordoner, au beau milieu de la cérémonie funèbre "célébrée en toute intimité" à Colombey les deux églises...

De fait, ces deux-là se seront croisés de très près sans jamais se rencontrer... C'est précisément ce que la fin de la bande du dictaphone sur laquelle Pierre Saindrichain avait enregistré sa dernière conversation avec Michel laissait entendre. Mais cette fin s'était perdue... La petite bande magnétique était arrivée en bout de course et la voix de Michel butait au milieu d'une phrase sur un pchut, pchut, pchut déconcertant...

Il était cependant très imaginable que la carrière

du lieutenant Déricourt dans la résistance française se soit arrêtée là... Il avait rendu de multiples services, le "grand Charles" l'avait tiré d'un mauvais pas avant de passer l'éponge. Fin de l'histoire...

Un an plus tôt, le soir même de son retour à Rennes, celui de ce dernier dimanche de mai 1967, Marie avait ressorti la chemise cartonnée qui avait déjà déménagé tant de fois... Elle avait reconnu au premier coup d'œil, dans l'un des portraits en tête de l'article du progrès de Lyon qui y était rangé, la tronche déplaisante qu'elle avait aperçue l'avant-veille à l'entrée du square de Clignancourt...

Le bouffi balafré, c'était donc bien Georges Boucheseiche, dont Pierre Saindrichain lui avait raconté l'inquiétant parcours... Ce gars-là s'en était toujours tiré. Ses nombreux séjours derrière les barreaux n'avaient pas interrompu sa foisonnante carrière. Il s'était enfui vers le Maroc le 30 octobre 1965, soit le lendemain de l'enlèvement de Medhi Ben Barka devant la brasserie Lipp et la veille du jour où le corps de l'activiste marocain avait très brièvement transité par le Gavroche... Le truand était apparemment revenu incognito en métropole, avant de réapparaître quelques années plus tard dans une nouvelle enquête de France-Soir, signée par celui qui était devenu au fil des années le journaliste préféré de Marie.

La série d'articles relaterait cette fois le volet marocain de l'affaire Ben Barka auquel le dernier survivant du gang des tractions participera activement aux côtés du général Oufkir, avant d'organiser l'assassinat de ce dernier au Maroc pour le compte du roi Hassan II quelques années plus tard. Le "gros Jo" occuperait ensuite ses ultimes loisirs à réorganiser la garde rapprochée du roi sur les bases de sa très longue expérience et mourrait dans son lit en 1973 sous la protection reconnaissante du souverain alaouite.

La dernière lettre de Michel est datée du 15 avril 1968. C'est une épaisse enveloppe kraft. Elle porte le cachet de la poste du cinquième arrondissement de Paris.

« Chère Marie,

Voilà, petite sœur, enfin des nouvelles ! Il y a longtemps que je voulais t'en donner, ne serait-ce que pour te remercier de tout ce que tu as déjà fait pour Philippe. C'est Marylou que j'ai croisée par hasard il y a quelque temps qui m'a décidé à m'y mettre enfin. Elle m'a assuré que ces nouvelles, tu les attendais depuis longtemps et que je m'étais vraiment comporté comme un sale type en ne t'en donnant pas plus tôt !

En fait, on aurait plutôt dit qu'elle me cherchait Marylou, car elle avait une photo de Philippe sur elle. Le cliché datait de l'année dernière, mais le gaillard avait l'air heureux comme un pape au bras de notre petite sœur dont tu m'as parlé à Nice, mais que je n'avais jamais vue, même en photo.

De mon côté, je vais bien. Je ne me sens pas encore prêt à revoir Philippe, mais je sais que ça ne tardera plus. Peut-être que j'avais besoin de mettre un point final au récit que je viens de finir et que je joins à ma lettre. Je l'ai écrit à l'ancienne, figure-toi ! Sur des cahiers d'écolier avec un crayon à papier et une bonne vieille gomme... Ça s'appelle " Une petite fille en pleurs " et ça raconte notre histoire à tous les deux ; quelquefois ensemble, le plus souvent chacun de notre côté. J'ai toujours dans ma mémoire tout ce que tu m'as raconté quand tu es venue nous voir à Juan les pins. Il ne restera plus qu'à ajouter les photos qu'on a prises ensemble chez grand-mère...

Je t'aime, petite sœur !

Michel »

******

FIN

******

Bibliographie :

Histoires secrètes de la guerre d'Algérie
Dominique Lormier – ALISIO 2022

Vie et mort d'un caïd
Jean Marcilly – Fayard 1977

La prisonnière
Malika Oufkir – Grasset 1999

www.museedelaresistanceenligne.org

www.bddm.org (site de la fondation pour
la mémoire de la déportation)

Couverture design : Maryline Foucaut